高职高专"十一五"规划教材

前厅与客房服务实训

卢 娟 马清伟 编

U0132972

化学工业出版社

·北京·

本书以就业为导向、以酒店实际岗位操作为背景、以训练职业技能为主要任务、并始终重视职业意识、职业态度等职业素质的培养，坚持以"必须、够用"为原则，实行模块化编排。全书共分为前厅部服务实训和客房部服务实训两部分，前一部分内容为 9 个模块分别是：参观酒店前厅部、预订服务、礼宾服务、接待服务、收银服务、问讯服务、总机服务、商务中心服务和前厅服务项目综合实训；后一部分内容为 4 个模块：参观酒店客房部、客房对客服务、客房清洁整理和客房服务项目综合实训。

本书既适于高职高专和中等职业学校旅游管理、酒店管理以及相关专业学生作为教材使用，也适用于各旅游企业、旅游培训部门对员工进行岗前培训或在职培训，还可以作为饭店从业人员的参考资料。

图书在版编目（CIP）数据

前厅与客房服务实训/卢娟，马清伟编 . —北京：化学工业
出版社，2010.9
高职高专"十一五"规划教材
ISBN 978-7-122-09290-8

Ⅰ. 前⋯　Ⅱ.①卢⋯②马⋯　Ⅲ. 饭店-商业服务-高等学校：
技术学院-教材　Ⅳ. F719.2

中国版本图书馆 CIP 数据核字（2010）第 150763 号

责任编辑：蔡洪伟　　　　　　　　文字编辑：马冰初
责任校对：吴　静　　　　　　　　装帧设计：刘丽华

出版发行：化学工业出版社（北京市东城区青年湖南街 13 号　邮政编码 100011）
印　　刷：北京云浩印刷有限责任公司
装　　订：三河市宇新装订厂
720mm×1000mm　1/16　印张 10　字数 192 千字　　2010 年 9 月北京第 1 版第 1 次印刷

购书咨询：010-64518888（传真：010-64519686）　　售后服务：010-64518899
网　　址：http://www.cip.com.cn
凡购买本书，如有缺损质量问题，本社销售中心负责调换。

定　　价：19.00 元　　　　　　　　　　　　　　　版权所有　违者必究

前　言

全面提高高等职业教育教学质量的重要途径之一就是改革人才培养模式，积极推行与生产劳动和社会实践相结合的学习模式，重视学生校内学习与实际工作的一致性，重视校内成绩考核与企业实践考核的相结合，探索课堂与实习地点的一体化，并最终实现学生的"零距离就业"。在此前提下，编者参阅了大量材料，请教了相关专业人员，并结合自己的企业工作经历和教育教学经验，编写了这本《前厅与客房服务实训》。本书既适于高职高专和中等职业学校旅游管理、酒店管理及相关专业学生作为教材使用，也适用于各旅游企业、旅游培训部门对员工进行岗前培训或在职培训，还可以作为饭店从业人员的参考资料。

本书的编写力图体现以下特点。

一、重视服务技能的训练和服务意识的培养

本书的编写主要是针对前厅与客房岗位工作需要进行模块化训练，让学生掌握必要的专业技能，同时注重学生服务意识的培养，从而全面提高学生的就业能力，以适应实际工作的需要，提高自身的竞争力。

二、校企结合，项目训练，教学思路明确

本书遵循高职高专教育教学发展规律，充分体现"校企结合，工学交替"的办学理念，从教材的编写到使用都紧密联系企业的实际，打破传统的学科教学模式，实行项目教学设计，把教学内容项目化，每次课一个实训项目，每个项目就是一个完整的工作任务，教学目的突出，思路明确。

三、内容精炼，利于教学

教材内容的选择以实际工作需要为依据，结合学校教学实际，抓住主要实训项目进行编写，体现"必须、够用和实用"的原则，做到简明精炼。同时在实训时间安排上以每学期 72 学时为依据进行统一分配教学课时，全书共 13 模块内容，除前厅部分的模块一和模块九、客房部分的模块一和模块四分别为 4 学时之外，其余各模块每一实训项目均占 2 学时教学时间，这与高职高专的实际教学安排相一致，从而有利于课堂教学的组织。

四、结构新颖，课堂活泼

每个项目的基本结构细分为实训要求（包括实训目的、实训时间、实训地点、实训方式）、知识储备、项目流程、情景示范、案例分析、项目考核等几部分。其中，"知识储备"是必要的项目知识介绍，"项目流程"是中心环节，是整个项目的实训核心，而"情景示范"和"案例分析"则是对流程的实践与拓展，"项目考核"则是对整个实训效果的评价与总结。教学中教师除了要对实训要求和知识储备做简单的介绍之外，其余环节均可与学生共同讨论学习，充分发挥学生的主观能动性，激发学生的学习兴趣，活跃课堂气氛，提高教学效果。

本书由亳州职业技术学院卢娟和上海某星级酒店前厅部经理马清伟编，同时得到了亳州职业技术学院王瑞老师、学院领导及酒店行业有关专业人士的大力支持与帮助，并借鉴了大量的文献资料，在此，对所有参考文献的作者和以各种形式支持帮助本书编写的单位和个人表示衷心的感谢！

由于时间仓促，编者学识水平有限、阅历经验不足，书中难免有不妥之处，敬请各位专家、同行及广大读者批评指正。

编 者

2010 年 6 月

目　录

第一篇　前厅部服务实训

模块一　参观酒店前厅部

实训目的

感受饭店前厅部的工作环境和工作氛围；

了解前厅部有关知识和服务流程；

掌握员工服务基本要求；

培养酒店服务专业意识；

为以后的实训学习做准备。

实训时间

4 课时

实训地点

三星级以上酒店的前厅部

实训方式

教师引导、酒店前厅部相关管理人员介绍、员工实际工作操作与学生观察、讨论相结合。

知识储备

一、酒店前厅部的组织机构图（如图 1-1～图 1-3 所示）

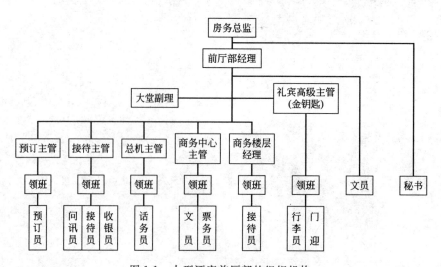

图 1-1　大型酒店前厅部的组织机构

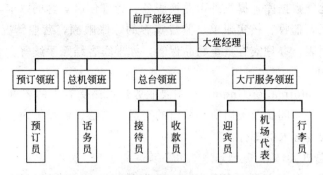

图 1-2　中型酒店前厅部的组织机构图

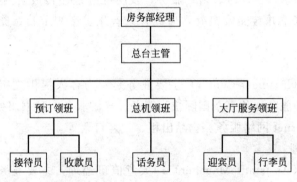

图 1-3　小型酒店前厅部的组织机构图

二、前厅部各岗位业务分工

1. 预订处

预订处（Reservation）主要业务是：接受客房预订、办理预订手续、处理预订资料的记录、传递和储存、制作预订报表、对预订进行计划安排等。

2. 礼宾部

礼宾部（Concierge），通常配备有酒店代表、门童和行李员等服务人员。主要业务是：在机场、车站、码头和饭店的门厅迎送客人，帮客人搬运行李、递送邮件、回答问询，应客人要求办理外出饭店的交通、观光或其他事务，维持大厅良好秩序等。

3. 接待处

接待处（Reception）主要业务是：迎送接待、办理入住手续、分配客房、准确控制客房状态、协调对客服务、积极参与饭店的促销活动、建立客账、制作统计分析报表等。

4. 收银处

收银处（Cashier）在组织机构上通常隶属于饭店财务部，但工作地点位于饭店大厅。其主要业务是：受理入住宾客的预付担保手续，提供宾客消费构成的信息资料，建立数据库，提供外币兑换服务，管理住店宾客的账卡，密切与饭店各收银点联系，催收、核实账单，监督宾客的赊账限额，营业情况的夜间审计，制作营业日报表，办理宾客贵重物品保管，办理宾客结账手续等。

5. 问讯处

问讯处（Information/Inquiry）主要业务是：接受客人的咨询，回答客人有关饭店服务的一切问题及饭店所在城市的交通、旅游、购物等内容的询问，代客对外联络，处理客人的邮件等。

6. 电话总机

电话总机（Switch Board/Operator）主要业务是：向来店客人提供信息服务，按照客人要求提供叫醒、留言服务，及时准确地接转饭店内外客人的电话、记录客人电话账单并转交收银处，播放背景音乐、影视节目、充当临时指挥中心等。

7. 商务中心

商务中心（Business Center）主要业务是：为客人提供文字处理、文件整理、装订、复印服务、传真及国际快运服务、导游服务、秘书服务、翻译、商务洽谈服务、Internet 网络服务、物品出租、代客订票等。

8. 大堂副理

大堂副理（Assistant Manager）即大堂值班经理，主要业务是：代表酒店总经理协调日常事件、处理投诉、接待 VIP、管理大堂环境等。

三、前厅部业务流程（见表 1-1）

前厅部对客服务全过程共分为五个阶段，它是一个完整的、循环的过程。其中，第五阶段既是本次对客服务的结束，又是下次对客服务的开始。

表 1-1　前厅部业务流程及工作内容

业务流程	工 作 内 容
1. 抵店前	(1)提供咨询、受理预订 (2)核实资料、预先分房 (3)接待准备 (4)接机接站
2. 抵店时	(1)门口迎接、行李服务 (2)确认登记、定价排房 (3)接收付款、制作房卡 (4)调整房态、建立客账
3. 住店期间	(1)客房清洁、服务 (2)餐饮娱乐 (3)问询留言、物品寄存、报刊信件、电话商务 (4)委托代办 (5)安全保障、客账控制

续表

业务流程	工作内容
4. 离店结账	(1)行李服务 (2)账目核对 (3)结账 (4)征求意见 (5)致谢送别
5. 离店后	(1)调整房态 (2)整理账务 (3)建立客史 (4)维护客户

四、前厅部主要岗位中英文对照表（见表1-2）

表1-2　前厅部主要岗位中英文对照表

房务总监	Room Director	前厅部经理	Front Office Manager
客房部经理	Housekeeping Manager	值班经理	Duty Manager
预订部经理	Reservation Manager	前厅主管	Front Office Supervisor
大堂服务领班	Bell Captain	商务中心领班	Supervisor of Business Centre
总机领班	Switchboard Supervisor	话务员	Operator
文员	Clerk	收银员	Cashier
迎宾员	Hotel Creeter	行李员	Porter
门童	Doorman	机场代表	Airport Representative
清洁工	Public Area	楼层服务员	Floor Attendant

五、前厅部员工工作规范要求

1. 仪容仪表规范

① 员工统一岗位制服，保持干净整洁、无污迹、无破损、无脱线、无掉扣。

② 统一佩戴工牌上岗，工牌应戴在左胸正上方位置（与衬衣的第二粒和第三粒纽扣中间平行）。

③ 头发颜色自然、不留鬓角、不遮住脸部、不留怪异发型，保持干净、清洁；男员工不准烫发、不留长发、不理光头、保持面部胡须干净。

④ 不佩戴耀眼首饰，只可佩戴结婚戒指、手表，女员工可佩带小耳钉（一个耳朵各一只）、项链（不得露出制服）。

⑤ 女员工要化淡妆，不用味道过浓的香水，不涂有色彩的指甲油。

⑥ 男员工穿黑色袜子，女员工穿肉色丝袜，完好一致。

⑦ 岗位皮鞋款式一致、保持光亮，女员工鞋跟不超过6厘米，男员工鞋跟不超过3厘米。

2. 岗前准备要求

① 班前整理个人卫生，不喝酒、不吃有异味食品（大葱、大蒜、韭菜等）。

② 参照酒店仪表仪容的规定，对镜进行自查自检，并由领班进行监督检查。

③ 自我调节状态，稳定情绪，严禁将个人思绪掺杂于工作中。

④ 主动与领班及时沟通，确保以热情、饱满的状态开始新一天的工作。

⑤ 按本岗规定的时间提前 10 分钟到岗，做好班前准备。

3. 上岗纪律要求

① 保持工作环境卫生，物品摆放整齐有序。

② 规范使用各类设备设施，以保证设备设施的正常状态。

③ 应保持安静，不得大声喧哗。

④ 不吃零食、不做与工作无关的事。

⑤ 不在客人面前修指甲，打喷嚏、哈欠，搔痒，挖耳、鼻。

⑥ 不在客人面前扎堆聊天、口哼小曲。

⑦ 无冷淡、怠慢、冲撞客人等不良行为。

⑧ 坚守岗位，无串岗、脱岗。

4. 对客服务规范

① 对客服务面带微笑、主动热情、精神饱满、自然大方。

② 坐时上身挺直，双膝弯曲身体放松，始终保持双膝和脚踝并拢。

③ 站立时要收腹、提臀、挺胸、收肩（要放松）。

④ 行进中双肩自然下垂，自然抬头，面带微笑。

⑤ 服务语言礼貌，称呼得当，服务操作规范。

⑥ 说话清晰柔和、简洁明确，普通话标准、外语熟练。

⑦ 提供的服务必须在规定的时间内完成，若客观原因超时必须告诉客人并致歉。

5. 交接班

① 下班前，交班员工仔细核实本人所经办的单据内容与输入电脑的信息是否相一致。

② 交班员工按要求填写《交接本》并签字，字迹工整、语句规范，避免歧义。

③ 交班员工向接班员工再次口头复述交接内容，及时补充、解答。

④ 接班员工应认真阅读《交接本》上的交接事项，并听取交班员工的复述。

⑤ 接班员工对疑惑内容及时询问，直至完全掌握。

⑥ 接班员工在工作中发现交接问题及时联系交接员。

⑦ 下班后，交班员工应保持联系方式畅通，确保沟通及时。

案例分析

笑在职场的小李

（一）对着镜子笑

在杭州某五星级酒店工作的小李，大学毕业两年，现在已经是前厅部主管了，她每天总是乐呵呵，客人的口碑非常好，同事们也都喜欢与她相处。

朋友就问她："你为什么总是这么开心？难道你没有烦心事吗？"

小李回答说："谁能没有心烦的时候啊？但我能够及时调节自己的情绪。"

朋友又问："那你怎么调节的呢？"

小李回答说："对着镜子笑，呵呵。"

其实，小李的生活担子很重，到现在为止国家助学贷款还没有还完。但她积极乐观，"一天之计在于晨"，每天早晨起来梳洗完毕，就要对着镜子笑一下，这样快乐的一天就开始了。可千万不要忽视这个小节，平时状态不错的时候，它能够让你保持良好的心情投入工作；如是你情绪不佳的时候，其威力可更大了。

那天，小李遭遇了一件伤心的事，晚上哭了一宿，结果第二天早晨一起床感觉自己眼睛有点疼，对着镜子一看，又红又肿，自己都吓了一跳，这可怎么见人呢？小李有点着急了，但她很快稳定了下来：先像往常一样迅速梳洗完毕，再用湿毛巾热敷眼睛十分钟以消肿，与此同时她也在调节着自己的心情。然后，对着镜子里的自己边笑边说：你是最棒的！你是最漂亮的！你是最快乐的！你一定会让客人满意的……这样几分钟之后，小李的心情变好了。

其实，由于长期职业意识的训练，小李已经形成了一种条件反射：只要一到工作岗位，再大的烦恼都会立刻从她脑海里消失，取而代之的是最佳的服务状态，哪怕前一分钟还在心烦，见到客人来了，自己就会面带微笑，热情迎接。

（二）学会微笑

笑有多种多样，要笑得亲切、甜美、大方、得体，就要发自内心，只有对酒店顾客尊敬、友善及对自己所从事工作的热爱，才会笑容满面地接待每一位顾客。作为酒店工作人员要能做到一到岗位，就把个人的一切烦恼、不安置于脑后，振作精神，微笑着为每一位宾客服务，"朱唇未启笑先闻"。微笑传递这样的信息：见到您我很高兴，我愿意为您服务。所以，微笑会让客人感到愉悦。客户花钱消费的时候，可不想看到你愁眉苦脸的样子。而且，当你微笑着的时候，你就处于一种轻松愉悦的状态，有助于思维活跃，从而创造性地解决客户的问题。

一位住店客人外出时，有一位朋友来找他，要求进他房间去等候，由于客人事先没有留下话，总台服务员没有答应其要求。客人回来后十分生气，跑到总台与服务员争吵起来。小李闻讯赶来，刚要开口解释，怒气正盛的客人就指着她，言词激烈地指责起来。当时小李心里很清楚，在这种情况下，勉强作任何解释都是毫无意义的，反而会招致客人情绪更加冲动。于是她默默无言地看着他，让他尽情地发泄，脸上则始终保持一种友好的微笑。一直等到客人平静下来，小李才心平气和地告诉他饭店的有关规定，并表示歉意。客人接受了小李的劝说。没想到后来这位客人离店前还专门找到小李辞行，激动地说："你的微笑征服了我，希望我有幸再来饭店时能再次见到你的微笑。"

微笑，已成为一种各国宾客都理解的世界性欢迎语言。世界各个著名的饭店管理集团如喜来登、希尔顿、假日等有一条共有的经验，即作为一切服务程序灵魂与指导的十把金钥匙中最重要的一把就是微笑。美国著名的麦当劳快餐店老板也认为：笑容是最有价值的商品之一。我们的饭店不仅提供高质量的食品饮料和高水准的优质服务，还免费提供微笑，才能招揽顾客。

（三）微笑"三结合"训练

一个完美的微笑还是需要专业训练的，只有这样才能符合职业要求，小李提供的微笑"三结合"训练法，大家不妨试一下。

一、与眼睛相结合

当你在微笑的时候，你的眼睛也要"微笑"，否则，给人的感觉就是"皮笑肉不笑"。

眼睛会说话，也会笑。如果内心充满温和、善良和厚爱时，那眼睛的笑容一定非常感人。眼睛的笑容有两种：一是"眼形笑"，二是"眼神笑"。练习：

取一张厚纸遮住眼睛下边部位，对着镜子，心里想着最使你高兴的情景。这样，你的整个面部就会露出自然的微笑，这时，你的眼睛周围的肌肉也在微笑的状态，这是"眼形笑"。然后放松面部肌肉，嘴唇也恢复原样，可目光中仍然含笑脉脉，这就是"眼神笑"的境界。学会用眼神与客人交流，这样你的微笑才会更传神、更亲切。

二、与语言相结合

微笑着说"早上好"、"您好"、"欢迎光临"等礼貌用语，不要光笑不说，或光说不笑。

三、与身体的结合

微笑要与正确的身体语言相结合（如点头示意，或上身15°的鞠躬），才会自然，给客人以最佳的印象。

分析：

本案例中职场新秀小李的现身说法给我们这样一个有益启示：要想成为一个真正的酒店人士，除了要具备扎实的业务知识，还要学会调节自己的情绪，学会微笑。

■■■■ 项目考核 ■■■■

一、考核说明

总分100分，得分在85分以上为优，75～84分为良，60～75分为中等，60

分以下为差。

二、考核细则（见表1-3）

表1-3　考核细则

考 核 要 点	满分	得分	备注
1. 参观活动纪律表现	10		
2. 团队精神	15		
3. 人际交往能力	10		
4. 参观期间积极主动学习情况	10		
5. 前厅部工作环境、相关知识掌握情况	15		
6. 员工工作规范	10		
7. 酒店服务意识	15		
8. 综合表现	15		
总　　分	100		

模块二　预订服务

预订（Reservation），是指在客人抵店前对酒店客房的预先订约。对于客人来说，通过预订可以保证客人的住房需要，尤其是在酒店供不应求的旅游旺季。而对于酒店来说，便于其提前做好各种准备工作，提高客房利用率。

一、预订的渠道、方式、种类

（一）预订的渠道

客人向酒店预订通常有两种途径：直接渠道和间接渠道（见表 2-1）。了解酒店的预订渠道有利于促进酒店销售，提高开房率。

表 2-1　预订的渠道

渠　道	特　点
1. 直接渠道	(1)即散客自订房 (2)客人直接与酒店预订处联系,不经任何中间机构
2. 间接渠道	(1)指客人由中间机构代理订房事宜 (2)订房的间接渠道主要有以下几种： a. 旅行社订房 b. 酒店管理集团订房 c. 合作酒店订房 d. 商务合约单位订房 e. 独立的订房网络公司订房

（二）预订的方式

由于受到酒店的预订条件以及客人的生活习惯、工作环境、设备条件、预订的紧急程度等各方面因素的影响，不同的客人在预订房间时通常会选择不同的联系方式（见表 2-2）。

表 2-2　五种主要预订方式

种　类	特　点
1. 电话预订 Telephone	(1)客人使用电话向酒店预订 (2)目前较为普遍的预订方式 (3)方便、快捷,利于及时调整预订要求 (4)受语言障碍、电话的清晰度、受话人的听力水平影响,容易出错 (5)预订员要认真记录,并复述核实
2. 面谈预订 Talk	(1)客人直接来到酒店面对面的洽谈预订事宜 (2)适合方便到酒店的客人 (3)方便酒店更详细的了解客人的需求 (4)有利于当面回答客人提出的一切问题 (5)有利于预订员推销酒店产品

续表

种　类	特　点
3. 传真预订 Fax	(1)客人使用传真向酒店预订 (2)目前较为常见的、较为先进的、较为理想的预订方式 (3)传递迅速、即发即收、内容详尽、有据可查
4. 互联网预订 Internet	(1)客人使用计算机网络系统向酒店预订 (2)目前国际酒店业最先进的预订方式,越来越多的散客开始使用 (3)先进、方便、快捷、廉价
5. 信函预订 Mail	(1)客人使用信函向酒店预订 (2)最古老的预订方式,现已很少使用 (3)内容完整、准确,较为正式 (4)速度慢

（三）预订的种类

根据预订的结果对客人和酒店双方的约束情况不同，预订又分为保证性预订和非保证性预订两大类（见表 2-3）。

表 2-3　预订的种类

1. 保证类预订(Guarantee Reservation)	
(1)是指宾客预订房间后,无论是否抵店都将保证支付房费,饭店也保证为客人保留房间至退房时间。否则,任何一方违约,都将承担责任 (2)此类预订既维护了客人的住房利益,也保证了饭店的经济收益 (3)这是酒店在任何情况下都必须保证落实的预订 (4)保证性预订又有以下几种形式	
①预付款	a. 即客人在抵达日期前就支付了全部房费 b. 这是最受酒店欢迎的保证类预订 c. 度假饭店和商务饭店采用较多
②预付定金	a. 是宾客在抵店前付给饭店一笔规定的款额(一般为一天的房租,度假饭店会更多) b. 如客人没入住又没取消,饭店会没收定金,并取消客人原先订房的所有安排 c. 度假饭店和会议中心尤为普遍
③信用卡担保	a. 是指宾客使用信用卡来担保预订的饭店客房 b. 届时客人未取消有未入住,酒店可通过发卡公司收取客人一夜房费 c. 是一种方便、快捷、常用的方式,尤其是在商务饭店
④合同担保	a. 是指酒店与一些经常使用酒店设施的客户单位签订合同以担保预订 b. 合同内容主要包括签约单位的账号、地址、服务承诺以及双方的失约责任等
2. 非保证类预订(Non-Guarantee Reservation) 非保证类预订是相对于保证类预订而讲的,其又有以下几种形式	
①临时性预订 (Advance Reservation)	a. 是指宾客在即将抵达饭店前很短的时间内联系的预订 b. 饭店均为口头确认方式 c. 预订的房间通常保留至当日 18 点
②确认性预订 (Confirmed Reservation)	a. 是指饭店答应为预订的宾客保留房间至某已事先声明的时间 b. 确认的方式可以是书面的,也可以是口头的 c. 在这一时间内宾客没有抵达而又没有任何声明,在房间比较紧张的时候,饭店可以将房间出租给其他客人

续表

③等待类预订 （Waiting Reservation）	a. 是指酒店在客房订满的情况下，仍接受一定数量订房客人的预订 b. 对这类等待类预订宾客，酒店不发给确认书，只是通知宾客酒店将他们列入等候名单（waiting list） c. 在其他宾客取消预订或提前离店的情况下，酒店予以优先安排，或可以介绍其他酒店 d. 这种情况一定要事先告知客人，以免日后发生纠纷

二、酒店收费方式

在国际酒店业，通常按照对客人的房费报价中是否包含餐费和包含哪几餐的费用而划分为不同的收费方式（见表2-4）。

表2-4 五种收费方式

收费方式	特　点
1. 欧洲式（EP） European Plan	（1）仅含房费，不含任何餐费 （2）国际上大多数酒店所采用
2. 美国式（AP） American Plan	（1）即"全费用计价方式" （2）包含房费，和一日三餐的费用 （3）多为远离城市的度假性酒店或团队客人所采用
3. 修正美式（MAP） Modified American Plan	（1）包括房费，早餐，一顿午餐或晚餐（二者任选一个）的费用 （2）这种收费方式较适合于普通旅游客人
4. 欧洲大陆式（CP） Continental Plan	（1）包括房费及欧陆式早餐（Continental Breakfast） （2）欧陆式早餐的主要内容包括冷冻果汁（Orange Juice，Grape Juice，Pineapple Juice，etc.）、烤面包（Served with Butter and Jam）、咖啡或茶
5. 百慕大式（BP） Bermuda Plan	（1）包括房费及美式早餐（American Breakfast） （2）美式早餐除了包含有欧陆式早餐的内容以外，通常还包括鸡蛋（Fried，Scrambled up，Poached，Boiled）和火腿（Ham）或香肠（Sausage）或咸肉（Bacon）等肉类

三、预订员的服务项目（见表2-5）

表2-5 预订员的服务项目表

服务项目	特　点
1. 接受预订	当客人预订客房时，预订员应首先查阅预订系统，看是否有合适的房间
2. 确认预订 Confirmation	（1）如能够接受客人预订，就要对客人的预订进行确认 （2）确认通常有两种方式：即口头确认和书面确认 （3）一般应采用书面确认，因其较正式、内容明确，可减少差错和纠纷
3. 拒绝预订 Turning down	（1）当酒店无法满足客人要求时，就要婉拒预订，并向客人发致歉信 （2）但不要轻易放弃任何一个销售的机会 （3）应主动提出一系列可供客人选择的建议，如建议客人变更来店日期、更改房间类型、列入候补名单（Waiting List）等

续表

服务项目	特 点
4. 核对预订 Reconfirming	(1)为了防止因客人取消或更改预订给酒店造成的麻烦或损失,预订员应通过电话或书信方式与客人进行再确认,即核对预订 (2)核对的内容包括: 问清客人是否能够如期抵店,住宿的时间、人数、房间以及其他要求等是否有变化 (3)核对的时间和次数(通常要进行三次): 第一次,客人预订抵店前一个月进行,即由预订员每天核对下月同一天到店的客人 第二次,客人预订抵店前一周进行,即由预订员每天核对下周同一天到店的客人 第三次,客人预订抵店前一天进行,即由预订员每天核对第二天到店的客人 (4)对于大型团体客人,核对工作还要更加细致与频繁
5. 取消预订 Cancellation	(1)接受到客人取消预订,同样以礼相待 (2)希望以后有机会更好的为其服务 (3)做好相关资料的处理工作 (4)及时通知相关部门
6. 变更预订 Amendment	(1)接到客人改变预订,要耐心处理 (2)查看预订情况,如能满足即刻办理,并通知相关部门 (3)不能满足,提出建议与客人协商
7. 超额预订 Overbooking	(1)超额预订:指酒店在一定时期内,有意识的使其所接受的客房预订数超过其客房接待能力的一种预订现象 (2)超额预订的原因:酒店为了减少因客人临时取消或变更预订、"No Show"、提前离店等现象造成酒店部分客房闲置造成的损失,充分利用客房,提高开房率 (3)进行超额预订要谨慎,否则容易引起麻烦

四、有关预订的专业术语（见表 2-6）

表 2-6　有关预订的专业术语一览表

(一)预订状态术语(Reservation statues terminology)		
中文	英文	
预抵	Arrivals	
已到店	Arrived	
在店	Stay Over	
预离	Due Out	
(二)客房状态术语(Room Status terminology)		
中文	英文	缩略语
入住房	Check In	C/I
离店房	Check Out	C/O
干净的空房	Vacant Clean	VC
干净的占用房	Occupied Clean	OC

续表

脏的空房	Vacant Dirty	VD
脏的占用房	Occupied Dirty	OD
严重坏房	Out of Order	OOO
轻微坏房	Out of Server	OOS
双锁房	Double Locked Door	D/L
外宿房	Sleep Out	SO
逃账房	Skipper	S
只带少量行李的客房	Light Luggage	LL
无行李房	No Luggage	NL
"请勿打扰"	Do Not Disturb	DND

（三）房间类型术语（Room type terminology）

三大主要类型	细 分	特 点
1. 单人房 Single Room	（1）单人床 Single Room,Single Bed	单人房内放一张单人床
	（2）大床 Single Room,Double Bed	单人房内放一张大床
	（3）沙发床 Single Room,Sofa Bed	单人房内放一张沙发，白天将房间用作会客室或办公室，晚上把沙发拉开当作床来使用
2. 双人房 Double Room	（1）大床 Double Room,Double Bed	又称夫妻房、鸳鸯房，新婚夫妇使用时称"蜜月客房"
	（2）两张单人床 Double Room,Twin Beds	即标准间（Standard Room）我国酒店大多数客房属于这种类型
3. 套房 Suite Room	（1）普通套房 Junior Suite	将同一楼层相邻2～3间客房串通，分别用作卧室、会客室
	（2）豪华套房 Deluxe Suite	与普通套房相似，只是面积比普通套房大，房内设施设备较普通客房先进
	（3）复式套房 Duplex Suite	是一种两层楼套房，由楼上、楼下两层组成。楼上一般为卧室，楼下为会客厅
	（4）总统套间 Presidential Suite	通常由5个以上房间组成。总统和夫人卧室分开，卫生间分用。卧室内分别设有帝王床（King Size）和皇后床（Queen Size）。除此以外，总统套房内还设有客厅、书房、会议室、随员室、警卫室、餐厅、厨房等。一些中、高档旅游宾馆均设有这类"总统套房"，其主要用意在于提高酒店的档次和知名度，便于推销。这类房间除了用于接待"总统"等国内外党政要人以外，平时也对普通客人开放

实训项目一　电话预订

实训目的

了解预订相关知识；

掌握酒店服务电话礼仪；

熟悉电话预订基本流程；

培养酒店服务意识。

实训时间

2 学时

实训地点

模拟实训室

实训方式

图片、视频引入；

教师说明实训要求、讲解相关知识及流程示范；

学生分组讨论、情景模拟与教师观察、监督相结合；

师生共同进行案例研讨。

知识储备

酒店服务电话礼仪

一、接听电话礼仪

1. 接听准备

① 电话机旁准备好纸笔进行记录。

② 调整好状态，情绪良好。

2. 电话铃响三声之内接起

① 不要铃声才响过一次，就拿起听筒，这样会让打电话的人吓一跳；也不能过了好久再接电话，让客人着急。这就好比敲门一样，如果刚敲第一声你就开了门，可能会让对方吓一跳，而且还会认为你清闲得专门等着别人来敲门；如果门被敲了四五声还没人应，又会被认为没有人在，或是你不想理睬。这都是不礼貌的行为。

② 特殊原因导致迟接，要在和对方通话之前先向对方表示歉意："您好，对不起！让您久等了"。

③ 不要将话筒贴得太近或离得太远。

3. 热情微笑，主动问候，自报家门

① 接听电话时要主动热情、保持良好状态、姿势端正、面带微笑，因为这一切对方都是能够听出来的。

② 接电话时，不使用"喂……"回答；声音柔和甜美，吐字清晰，音量适度，语速适中。

③ 接到外线说："您好，×××酒店×××部"；接到内线说："您好，×××部"。

④ 在一天不同的时间段可以灵活使用"早上好/上午好/中午好/下午好/晚上好! ×××酒店/×××部"。

⑤ 根据酒店接待客人情况选择先报中文还是先报英文

a. 如果酒店接待的主要是国外客人，应先报英文后报中文。

b. 如果酒店接待的主要是国内客人，应先报中文后报英文。

4. 特殊电话处理

(1) 接听电话对方没反应时

① 重复一遍："您好，请问有什么可以帮您吗?"

② 如仍无应答：挂断电话；根据情况等对方再打过来或拨打过去；检查电话是否有故障。

(2) 接到打错的电话

① 同样以礼相待。

② 婉转地告诉客人"对不起，这里是××大酒店"。

③ 请客人再核实一下电话号码。

④ 不得表现出讨厌的情绪，更不能说不礼貌的语言。

(3) 接到骚扰电话

① 一般不予理睬。

② 不要与之争吵或言语攻击。

③ 对于恶意骚扰的电话，应简短而严厉地批评对方，如果问题严重，上报领导，甚至可以考虑报警。

(4) 两个电话同时响起

① 当两部电话同时响起，或者在接听电话时，恰好另一个电话打来，可先向通话对象说明原因，要对方不要挂电话，稍候片刻，然后立即去接另一个电话。待接通之后，先请对方稍候，或过一会儿再打进来，也可以记下对方电话稍候打去，然后再继续第一个电话。

② 不管多忙，都不要拔下电话线。

5. 与对方交流时

① 说话要简洁、明了，注意礼貌，提高工作效率。

② 注意听取时间、地点、事由和数字等重要词语。

③ 对通话内容进行复述确认。

④ 及时做相应记录。注意"5W1H"：When 何时、Who 何人、Where 何地、What 何事、Why 为什么、How 如何进行。

⑤ 避免使用对方不能理解的专业术语或简略语。

⑥ 对方不明白的问题要耐心解疑。

⑦ 等别人把话说完。

⑧ 记好客户的姓名。

6. 通话结束时

① 询问对方是否还有其他需要帮忙的。

② 确认没有问题时礼貌道别："谢谢您的来电，再见！"

③ 放回电话听筒：要等对方放下电话后再轻轻放回电话机上。

二、拨打电话礼仪

1. 拨打电话准备

① 确认拨打电话对方的姓名、电话号码。

② 准备好要讲的内容、说话的顺序和所需要的资料、文件等。

③ 明确通话所要达到的目的。

④ 要考虑打电话的时间（对方此时是否有时间或者方便）。

2. 问候、告知自己的姓名

① "您好！我是×××酒店×××部的×××。"

② 一定要报出自己的姓名。

③ 讲话时要有礼貌。

3. 确认电话对象

① "请问×××部的×××先生在吗？"；"麻烦您，我要找×××先生。"

② 必须要确认电话的对方，如与要找的人接通电话后，应重新问候："您好！我是×××酒店×××部的×××。"

③ 假如对方告诉你"要找的人不在"时，切不可鲁莽地将话筒"喀啦"下挂断，应道声"谢谢"。

4. 明确电话内容

"今天打电话是想向您咨询一下关于×××事……"。

① 应先将想要说的结果告诉对方，如是比较复杂的事情，请×。

② 时间、地点、数字等进行准确的传达说完后可总结所说

③ 讲话的内容要有次序，简洁、明了。

④ 注意通话时间，不宜过长。

⑤ 外界的杂音或私语不能传入电话内。

⑥ 通话时，如果发生掉线、中断等情况，应由打电话方重新拨打。

5. 结束通话

① 礼貌道别："谢谢/麻烦您了/那就拜托您了……"

② 放回电话听筒：等对方放下电话后再轻轻放回电话机上。

≫ 项目流程（见表2-7）

表 2-7 电话预订流程表

工作流程	操作标准
1. 岗前准备	(1)自我检查仪容仪表 (2)做好交接 (3)准备好纸笔 (4)调整好状态
2. 接听电话	(1)电话铃响3声以内接起，迟接要致歉："对不起，让您久等了。" (2)主动问候，自报家门：(外线)"您好，×××酒店预订部"；(内线)"您好，预订部" (3)通话时要精力充沛，姿势端正，面带微笑 (4)声音柔和甜美，吐字清晰，语速适中，语量适度
3. 明确要求	(1)仔细聆听客人要求；尊重客人，不得替客人说话 (2)明确关键因素：预期抵达日期、所需客房种类、所需客房数量、逗留天数 (3)礼貌询问客人姓名并称呼之 (4)同时记录相关信息
4. 查看房态	(1)请客人稍等 (2)迅速查看电脑订房系统，看是否有客人所需房间 (3)如有客人需要的房间，即可接受预订，告知房价和优惠政策 (4)如没有则可作如下处理：建议更改房型、更改住宿时间、列为等待名单、帮助联系其他酒店
5. 仔细询问填写订单	(1)询问客人是否是公司协议订房，如是则告知协议价 (2)询问客人是否住过本店，如是则查询客史 (3)询问付款方式，并告知房间保留时间为入住当天18:00时 (4)询问预订人或预订代理人的单位名称、联系方式、联系地址 (5)询问其他特殊要求 (6)根据预订情况填写预订单
6. 复述确认	(1)礼貌地向客人复述订房内容，请客人核对确认 (2)如有出入要及时改正 (3)如有客人不明白之处要耐心解释
致谢告别	(1)完成预订，询问客人是否还有其他需要帮助的 (2)确认客人没有其他问题时，礼貌致谢道别 (3)等客人先挂上电话，自己再放下听筒
档	(1)把预订信息输入电脑 (2)确保电脑上的信息和预订单上的信息一致

电话 ▰▰▰▰ **情景示范** ▰▰▰

预订员：

　　　　×× 饭店预订部。我能为您做些什么呢？

宾客：您好！我想在你们饭店预订一个房间。

预订员：谢谢您对我们饭店的信任！请问先生什么时候入住？

宾客：9月27日

预订员：准备住几晚？

宾客：三晚。

预订员：也就是9月30日离店，是这样吗？

宾客：是的。

预订员：请问先生想订一个什么样的房间呢？

宾客：我想要一个大床间。

预订员：请稍等……让您久等了，先生。我们饭店可以满足您的订房要求。

宾客：太好了！

预订员：我们的大床间有两种，一种是普通型的，价格是380元；另一种是设在商务楼层的豪华型，设备很好，服务一流，提供免费的早餐和下午茶，价格也只有480元。如果先生是因为商务活动来我们饭店的话，我认为豪华型的比较适合您。您看订豪华型的行吗？

宾客：好吧。

预订员：那先生可以告诉我您的全名吗？

宾客：王××

预订员：请问王先生是您本人入住吗？

宾客：是的。

预订员：还有其他同行的人吗？

宾客：没有。

预订员：先生可以告诉我您的航班号吗？

宾客：ZH9631。

预订员：先生将用什么方式付款呢？

宾客：信用卡。

预订员：好的，王先生。现在我重复一下您的预订要求：您一个人将于9月27日乘坐ZH9631航班抵达贵阳，在我们酒店预订了一间价格为480元的豪华型大床间，在我们酒店住三晚，30日离店，届时您将用信用卡付款。您看还有什么错误和遗漏吗？

宾客：没有。

预订员：好的，我们的机场代表会在机场安排好您抵达饭店，期待您的光临！再见！

宾客：再见！

案例分析

案例一

3 月 4 日还是 3 月 10 日

在一个电话预订中，前厅预订员王琳（化名），由于没有进行第二次确认，把客人抵店日期 3 月 4 日误认为 3 月 10 日，造成客人投诉。

当时临近下班时间，王琳正在整理材料填写交接本，突然电话铃声响起，她匆匆接起电话，迅速做了预订，心里想着下班之后和朋友去逛街的事，却忘了与客人进行复述确认。

当客人 3 月 4 日到达饭店的时候，恰巧是王琳值班，她礼貌地告诉客人预订的房间是 3 月 10 日入住。客人一听火了："我明明预订的是 3 月 4 日，怎么变成 10 日了呢？你们也太不负责任了，怎么搞的？"正在这时，大堂副理闻讯而来，了解情况后，先向客人致歉，然后立即与客房部联系，安排该客人入住饭店房间。王琳也受到了严厉的批评，并扣发当月奖金。

分析：

① "细节决定成败"，酒店工作要注重细节，严格按照标准进行程序化的操作，每一个环节都不能漏掉，否则就可能出错。本案例就是因为缺少复述再确认导致失误的。

② 要做到紧张有序，工作再忙，事情再多，也不能自乱方寸。要时刻保持头脑清醒，心态一定要好，精力要集中，不分神，王琳若不是想着下班后去逛街的事，也许就不会出错了。

③ 要端正态度，工作要认真负责，坚持到最后一分钟，坚持到服务好最后一位客户。不能因为快下班了，就草草了事，我们宁愿自己多付出一点，也不能怠慢了客人。这就是敬业精神。

案例二

客房重复预订之后

销售公关部接到某日本团队住宿的预订，在确定了客房类型和安排在同一楼层 10 楼后，销售公关部开具了"来客委托书"，交给了总台石小姐。由于石小姐工作疏忽，将此信息输入错误，而且与此同时，又接到一位台湾姓石的客人的来电预订。因为双方都姓石，石先生又是酒店的常客与石小姐相识，石小姐便把 10 楼 1015 客房许诺给了这位台湾客人。

当发现客房被重复预订之后，总台的石小姐受到了严厉的处分。不仅是因为工作出了差错，还因为违反了客人预订只提供客房类型、楼层，不得提供具体房号的店规。这样一来，酒店处于潜在的被动地位。如何回避可能出现的矛盾呢？酒店总经理找来了销售公关部和客房部的两位经理，商量几种应变方案。

台湾石先生如期来到酒店，当得知因为有日本客人来才使自己不能如愿时，表现出了极大的不满。换间客房是坚决不同意的，也无论总台怎么解释和赔礼，这位台湾客人仍指责酒店背信弃义，"我先预订，我先住店，这间客房非我莫属。"

销售公关部经理向石先生再三致歉，并道出了事情经过的原委和对总台失职的石小姐的处罚，还转告了酒店总经理的态度，一定要使石先生这样的酒店常客最终得到满意。

这位台湾来的石先生每次到这座城市，都下榻这家酒店，而且特别偏爱 10 楼。据他说，他的石姓与 10 楼谐音，有一种住在自己家的心理满足；更因为他对 10 楼的客房的陈设、布置、色调、家具都有特别的亲切感，会唤起他对逝去的岁月中一段美好而温馨往事的回忆。因此对 10 楼他情有独钟。

销售公关部经理想，石先生既然没有提出换一家酒店住宿，表明对我们酒店仍抱有好感，"住 10 楼比较困难，因为要涉及另一批客人，会产生新的矛盾，请石先生谅解。"

"看在酒店和石小姐的面子上，同意换楼层。但房型和陈设、布置各方面要与 1015 客房一样。"石先生做出了让步。

"14 楼有一间客房与 1015 客房完全一样。"销售公关部经理说，"事先已为先生准备好了"

"14 楼，我一向不住 14 楼的。西方人忌 13 楼，我不忌，但我忌讳的就是'14'，什么叫'14'，不等于是'石死'吗？多么不吉利。"石先生脸上多云转阴。

"那么先生住 8 楼该不会有所禁忌了吧？"销售公关部经理问道。

"您刚才不是说只有 14 楼有同样的客房吗？"石先生疑惑地问。

"8 楼有相同的客房，但其中的布置，家具可能不尽如石先生之意。您来之前我们已经了解石先生酷爱保龄球，现在我陪先生玩上一会儿，在这段时间里，酒店会以最快的速度将您所满意的家具换到 8 楼客房。"销售公关经理说。

"不胜感激，我同意。"石先生。

销售公关部经理拿出对讲机，通知有关部门："请传达总经理指令，以最快速度将 1402 客房的可移动设施全部搬入 806 客房。"

酒店的这一举措，弥补了工作中的失误。为了挽回酒店的信誉，同时也为了使"上帝"真正满意，酒店做出了超值的服务。此事被传为佳话，声名远播。

（案例来源：何丽芳. 酒店服务与管理案例分析. 广州：广东经济出版社，2005.）

分析：

1. 此案例中事故发生的原因在于总台石小姐的工作失误

① 石小姐由于工作疏忽，将"来客委托书"的信息输入错误。

② 石小姐犯了预订工作的大忌，将具体的房号告知了客人。

2. 事件最终得以成功解决的原因

（1）酒店相关人员的同心协力 事发之后，酒店总经理及时召集销售公关部经理与客房部经理，商量应急方案；在事件处理过程中，各部门通力合作，如客房部人员将 8 楼家具重新布置等。

（2）对客人的个性化服务

一是对客人情况的了解。能针对客人的喜好，提供个性化的服务。不仅为客人布置个性化的房间，还充分利用换房时间陪客人打保龄球更博得客人的开心。

二是充分的耐心。销售公关部经理不厌其烦地与石先生解释致歉，并积极提供建议，最终取得客人谅解。

3. 对我们今后工作的启示

① 做预订工作一定要细心、认真，谨记不得将具体的房号告知客人，否则将会使酒店先陷入被动地位。

② 酒店工作一定要有团队精神，各部门及其人员的相互支持与配合至关重要。

③ 要做好客史档案，熟记客人生活习惯，为客人提供个性化的服务。

项目考核

一、考核说明

总分 100 分，得分在 85 分以上为优，75～84 分为良，60～75 分为中等，60 分以下为差。

二、考核细则（见表 2-8）

表 2-8　考核细则

考 核 要 点	满分	得分	备注
1. 电话礼仪	15		
2. 问候客人、自报家门	15		
3. 聆听、记录	15		
4. 询问特殊要求	10		
5. 复述确认预订内容	15		
6. 与客人礼貌告别	10		
7. 信息存档	10		
8. 综合表现	10		
总　　分	100		

实训项目二　面谈预订

实训目的

了解面谈预订的特点；

熟悉面谈预订流程；

掌握推销客房技巧；

提高服务技能。

实训时间

2 学时

实训地点

模拟实训室

实训方式

图片、视频引入；

教师说明实训要求、讲解相关知识及流程示范；

学生分组讨论、情景模拟与教师观察、监督相结合；

师生共同进行案例研讨。

知识储备

一、面谈预订的特点

面谈预订是指客人直接来到饭店，与预订员面对面的洽谈预订事宜。其特点如下所示。

① 预订员可以详细了解客人需求，通过观察客人表情、肢体语言等分析其心理活动，有针对性的进行推销。

② 可以带客人实地参观饭店的客房及相关服务设施，更好地与客人沟通协调，获得客人的信任，增加预订的成功率。

③ 注意不得承诺具体房间号。

④ 告知客人所订房间的保留时间。

二、推销客房技巧

1. 正面引导客人，突出产品价值

预订员要首先熟悉客房的房态、价格、位置、朝向、空间大小、周围环境、是否安静等基本情况，着重介绍房间的优势及其能够给客人带来的方便和好处，突出产品附加值，淡化价格。这是能够成功推销的最基本要求。

2. 观察客人特点，把握关键时刻

注意观察客人的性别、年龄、精神状态、言谈举止、衣着打扮、随行人员等特征，正确把握其心理需求，当客人犹豫不决之时，多提建议，消除客人疑虑，有针对性的推销合适客房。不轻易放弃任何一个推销机会。

要准确把握客人心理，因势利导。

3. 由高到低报价，选择适当方式

在客人所能接受的价格范围内，先推销高价客房，不行再推次高房间，这样能够增加经济效益，提高销售利润。根据先入为主的经验，客人一般愿意接受最先推荐的产品。客房报价的方式有三种。

(1)"冲击式"报价　特点是先报价格，再提出客房的服务设施、项目等，突出产品价格优势。适合推销低价房间、同星级相比，价格上有优势的房间。

(2)"鱼尾式"报价　特点是先介绍房间服务设施、项目等特点，最后报价格，突出产品价值优势，淡化价格影响。适合推销高价房。

(3)"三明治"报价　特点是把价格放在所提供服务项目中间介绍，从两头削弱价格对客人的冲击。适合推销高价房，是运用较多的报价方式。

4. 宣传、推销其他服务项目

在推销客房的同时，还要适时推销饭店的其他服务项目，以扩大销售额。这也是细致服务的要求，因为并不是所有客人都知道饭店服务项目，而且饭店也会新增一些项目，这就更应该告知客人，以使之获得更周全的服务，增加客人的满意度。

》》 项目流程（见表 2-9）

表 2-9　面谈预订流程表

工作流程	操作标准
1. 主动热情接待	(1)主动问候，引领客人入座，送上茶水 (2)自我介绍，表达乐意服务愿望
2. 认真聆听、记录	(1)仔细聆听客人要求，回答询问、耐心解释 (2)明确关键因素：预期抵达日期、所需客房种类、所需客房数量、逗留天数 (3)礼貌询问客人姓名并称呼之 (4)同时记录相关信息
3. 明确要求、推销客房	(1)明确客人预期抵达日期及航班、所需客房种类、价格、数量、逗留天数 (2)明确客人特殊要求、付款方式及代理人情况 (3)充分利用面谈优势，结合客人情况，灵活运用推销技巧积极推销客房及相关产品
4. 填写预订单	仔细填写预订单
5. 复述、确认	(1)礼貌地向客人复述订房内容，请客人核对确认 (2)如有出入要及时改正
6. 致谢告别	(1)完成预订，询问客人是否还有其他需要帮助的 (2)确认客人没有其他问题时，礼貌致谢道别
7. 整理存档	(1)把预订信息输入电脑 (2)确保电脑上的信息和预订单上的信息一致

■ 情景示范 ■

预订员：您好！欢迎亲临饭店！请坐！（为客人送上茶水）

预订员：（递上名片）我是专门负责饭店会议预订工作的小李，请多关照！

（待宾客坐定后，先与之寒暄，聊些与预订房间无关的中性的问题，如天气、时事、怎么来的饭店、以前是否来过饭店等问题，待客人休息 3～5 分钟后，开始进入正题）

预订员：张主任专程过来是要具体谈谈你们会议接待的相关事宜，是吧？

宾　客：正是。你们饭店的价格是多少？

预订员：价格应该没有多大问题，关键是看张主任这边对会议接待的相关服务有什么具体的要求，为参会的客人服务好是最重要的。

宾　客：这当然重要。不过我们的会议经费和会议代表的会务费都是有预算的，所以还是很关心价格问题。

预订员：那好吧，我就给您介绍一下。对于会议团队客人，我们按照协议价执行，相当于门市价格的 6 折，具体说，标准间为 180 元，而且这个价格含团队早餐。会议室有三种，大会议室可容纳 300 人，每天收费 1800 元，中会议室可容纳 80 人，每天收费 1000 元，小会议室可容纳 30 人，每天收费 800 元。

宾　客：能不能再少点？

预订员：因为您是第一次与我们合作，我们非常重视，所以在价格上已经是最优惠的了，您可能已经到其他饭店了解过了。我们的会议室都经过了改造，音箱设备非常好，而且我们还有一支训练有素的会议服务队伍，能提供最好的服务。

宾　客：那看来这个价格是没有商量的余地了？

预订员：看来张主任对我们的产品和服务还不是很了解，这样吧，我们先参观一下房间、会议室和餐厅，然后再回来谈，怎么样？

宾　客：好的。（参观饭店客房、会议室、餐厅等设施，再回到办公室）

预订员：怎么样？张主任看了后还满意吗？

宾　客：还不错。

预订员：那张主任您看可以在我们饭店定下来吗？以便我们尽早作好房间安排。

宾　客：可以定下来。不过还有几个细节问题。

预订员：您说！

宾　客：早餐都有些什么品种？

预订员：有七八种主食，五道菜，三种咸菜，三种粥，牛奶、果汁、豆浆，还有三种水果，绝对可以满足会议代表们的需要。

宾　客：如果中餐和晚餐也在你们饭店安排呢？

预订员：中餐可以安排自助餐，每人 25 元。晚餐可以点菜，我们也可以按照你们的要求来安排，不含酒水的话，500 元到 1000 元的都可以。

宾　客：好吧。我们会议是 9 月 27 日报到，届时请你们在大堂设置专门的接待处。会议代表有 50 人，需要 6 个单人间，22 个双人间。28 日全天会议，需要一间中型会议室。29 日代表离店。27 日晚按照每桌 500 元的标准安排晚餐，28 日中午安排自助餐。

预订员：好的，让我记录一下。（记录）

张主任，您看您的预订是这样的：……，是这样吗？

宾　客：是的，没错。

预订员：那好，我们会给您安排好的，请放心。

宾　客：有事我们再电话联系，我就走了，回去向领导汇报一下。

预订员：那我安排车送您一下。

宾　客：不用了，我们自己有车。

预订员：非常感谢您对我们饭店的信任，您慢走！

案例分析

巧妙的推销

案例内容如上述情景示范。

（案例来源：韩军. 饭店前厅运行与管理. 北京：清华大学出版社，2009.）

分析：这是一个出色完成面谈预订的典型案例，预订员小李的出色表现为我们提供了很好的榜样。

① 主动、热情迎接客人，为客人送上茶水，给客人留下良好的第一印象。

② 礼貌的自我介绍、轻松的闲聊话题，不仅让刚进店的客人得以休息，还拉近了彼此之间的距离，为接下来的预订工作打下了基础。

③ 熟练而全面的业务知识是做好预订工作的前提条件。

④ 突出产品价值的推销技巧、关键时刻的灵活引导避免了面谈的僵局。

⑤ 对客服务自始至终的耐心、礼貌和语言技巧，很值得我们学习。

项目考核

一、考核说明

总分 100 分，得分在 85 分以上为优，75～84 分为良，60～75 分为中等，60 分以下为差

二、考核细则（见表 2-10）

表 2-10　考核细则

考核要点	满分	得分	备注
1. 热情接待客人	20		
2. 倾听、询问并记录客人要求	15		
3. 推销客房	20		
4. 填写预订单	10		
5. 复述确认预订内容	15		
6. 完成预订、致谢、道别	10		
7. 综合表现	10		
总　分	100		

实训项目三 预订的婉拒、变更与取消

实训目的

了解婉拒、变更与取消预订的原因；

熟悉预订的婉拒、变更与取消的流程；

掌握处理婉拒、变更与取消预订的技巧；

提高酒店服务职业素质。

实训时间

2 学时

实训地点

模拟实训室

实训方式

图片、视频引入；

教师说明实训要求、讲解相关知识及流程示范；

学生分组讨论、情景模拟与教师观察、监督相结合；

师生共同进行案例研讨。

知识储备

一、预订的取消

由于种种缘故，客人可能在预订抵店之前取消订房（Cancellation）。接受订房的取消时，不能在电话里表露出不愉快，而应使客人明白，他今后随时都可以光临本酒店，并受到欢迎。正确处理订房的取消，对于酒店巩固自己的客源市场具有重要的意义。在国外，取消订房的客人中有90%以后还会来预订。

二、预订的变更

预订的变更（Amendment）是指客人在抵达之前临时改变预订的日期、人数、要求、期限、姓名和交通工具等，预订员要及时进行处理，填写预订变更单（见表 2-11）。

三、预订的婉拒

如果酒店无法接受客人的预订，就对预订加以婉拒（Turning down）。婉拒预订时，不能因为未能符合客人的最初要求而终止服务，而应该主动提出一系列

可供客人选择的建议。用建议代替简单的拒绝是很重要的，它不但可以促进酒店客房的销售，还可以在顾客中树立酒店良好的形象。婉拒致歉信见表 2-12。

表 2-11 预订变更单

姓名：＿＿＿＿＿	预订编号：＿＿＿＿＿	更改日期：＿＿＿＿＿
地址：＿＿＿＿＿	电话：＿＿＿＿＿	
公司：＿＿＿＿＿	联系人：＿＿＿＿＿	
抵店日期：＿＿＿＿＿	住店夜数：＿＿＿＿＿	离店日期：＿＿＿＿＿
住店人数：＿＿＿＿＿		
预订客房类型：＿＿＿＿＿	房间数量：＿＿＿＿＿	房价：＿＿＿＿＿
预付订金：＿＿＿＿＿	结账方式：＿＿＿＿＿	
备注：		
原预订编号：＿＿＿＿＿	原抵达日期：＿＿＿＿＿	原房价：＿＿＿＿＿

表 2-12 婉拒致歉信

尊敬的＿＿＿＿女士/先生：

　　由于我店客满，未能满足您的要求，我们深表歉意。我们也非常感谢您对我们的信任，希望下次能有机会为您服务。

顺致敬礼！

××酒店预订部

×年×月×日

Dear Madam or Sir,

　　We regret that we have been unable to be of service to you. However we hope to be in a position to accommodate you at a future date.

Yours Faithfully,

Reservation Desk, ××Hotel

×D×M×Y

》》》 项目流程（见表 2-13～表 2-15）

表 2-13 预订的取消流程表

工 作 流 程	操 作 标 准
1. 明确信息	(1)询问要求取消预订的原始预订信息，包括原预订客人的姓名、抵店与离店日期以及是否有订票、订餐、订车等业务 (2)记录取消预订代理人的姓名、联系电话及单位地址 (3)找出原始预订单，并核实相关信息，确保信息一致
2. 感谢客人	(1)感谢客人将取消预订信息及时通知饭店 (2)询问客人是否要作下一阶段的预订，如有需要，则要进行适当推销
3. 分析原因	(1)尽量问清客人取消预订的原因并作详细记录 (2)若因酒店方面的服务质量、价格因素等，则要进行认真分析、总结并将分析结果及时上报，以促进酒店改善不足

续表

工作流程	操作标准
4. 确认取消	(1)复述取消预订事宜,并与客人确认 (2)在原始预订单上注明"取消"字样 (3)更改系统信息 (4)团队预订不得随意取消,必须上报并得到预订处主管和前厅部经理的书面确认通知,才能取消 (5)对于付过预付费或订金的客人,要复印客人取消预订函、电和原始预订单并交收银处,按协议办理退还订金、预付房费或取消预付费等事宜
5. 存档	(1)将取消预订单放在原始预订单之上,并订在一起 (2)按日期排序,将取消预订单放在档案夹最后一页
6. 通知相关部门	将取消预订的信息及时通知相关部门

表 2-14 预订的变更流程表

工作流程	操作标准
1. 明确要求	(1)询问需要变更预订的原预订客人的姓名、抵离店日期 (2)询问客人需要更改的项目 (3)找出原始预订单,并核实信息
2. 查看房态	根据客人变更要求,查询客房出租和预订情况,看看是否能够满足客人要求
3. 确认变更	若能够满足客人变更要求: (1)则与客人复述确认变更预订,填写变更预订单 (2)记录更改预订的代理人姓名、联系电话和单位地址 若无法满足客人变更要求: (1)则应向客人解释说明 (2)积极为客人提供建议,如推荐其他房型、改变抵离店日期或者帮助客人预订其他酒店等 (3)若仍无法满足,告知客人将其放在等候名单,一旦酒店有房将及时与客人联系 (4)更改系统信息
4. 感谢客人	(1)感谢客人及时通知酒店 (2)感谢客人的理解与支持
5. 存档	(1)将变更预订单放置在原始预订单之上,并订在一起 (2)按抵店日期顺序,将变更预订单整理归档
6. 通知相关部门	将变更信息通知相关部门

表 2-15 预订的婉拒流程表

工作流程	操作标准
1. 致歉并说明原因	(1)不能满足客人预订时,要诚挚的向客人道歉 (2)向客人说明不能满足客人预订的客观原因,以求得客人理解
2. 积极建议	积极与客人沟通协调,提出可供客人选择的建议,如更改抵离店日期、房型、放入等候名单或推荐其他酒店等
3. 推销酒店其他产品	对于不得不拒绝预订的客人,应积极推荐酒店其他的产品,特别是有特色的或新增的服务项目,以争取更多的销售机会与客人合作的机会
4. 致谢道别	(1)向客人致谢,希望下次能有机会为客人服务 (2)礼貌道别
5. 签发致歉信	婉拒预订时,要向客人签发致歉信

================== **情景示范** ==================

十一国庆节，上海×××大饭店前厅预订员小张接到王先生的预订电话。

小张：您好，上海×××大饭店预订处，请问有什么可以帮忙的？

王先生：我要订房间。

小张：请问先生您贵姓？

王先生：我姓王。

小张：请问王先生想预订什么样的房间？

王先生：我准备10月1日来住，10月5日离开，要3个标准间，最好是连在一起的。

小张：好的，请稍等，让我查一下……

小张：王先生，非常抱歉，因为是旅游旺季，游客太多，房间实在很紧张，您所要的房型没有了，实在抱歉。（讲到这里，小张用商量的口吻继续说道：）

小张：王先生，您是否可以推迟两天来店，10月3日将有一个旅游团退房，到时将有您所需要的房间。

王先生：不行，我们的日程已安排好了，不能改变。

小张：王先生，您看能否这样：您先住2天我们饭店的豪华套房，套房是外景房，在房间里就可以看到外滩的优美景色，而且室内各种摆设讲究，空间较大，每间房费只比标准间多300元钱，还分别提供免费早餐两份、洗衣2件和长途电话一次。我想您和您的朋友一定会非常满意的。（王先生有点犹豫，小张继续说道：）

王先生您是在考虑豪华套房是否物有所值吧？那到店后我先陪您参观套房，到时您再作决定好吗？

王先生：真的非常感谢您的热情服务，但我还是想住标准间。

小张：我也理解您的心情。王先生，非常抱歉，我们实在无法满足您的要求，但我们可以帮您联系一下其他和我们一样的四星级酒店，希望能够满足您的要求。

王先生：太感谢了，那就麻烦你了。

小张：王先生，我能知道您的电话号码吗？

王先生：139×××××××××。

小张：好的，王先生，我会尽快与您联系，再见。（10分钟后）

王先生，您好，这里是上海×××大饭店前厅预订处，我是刚才与您联系的预订员小张，我帮您联系到了×××四星级饭店，恰巧那里有您需要的房间，我先帮您预订了房间，请您尽快与他们联系核实，他们的联系电话是021-2597××××。

王先生：好的，真是太感谢您了，谢谢！

小张：乐意为您效劳，希望下次还能够在上海×××大饭店见到您，再见。

王先生：一定会的，再见。

案例分析

因 小 失 大

厦门。金秋。时值旅游旺季。

从事鞋业经营的何先生接到上海一位客商打来的电话，说明天晚上将从上海飞至厦门，希望何先生为他预订一间客房。何先生考虑到时下客房紧张，于是就急忙向附近的某家四星级酒店预订了一间简易商务房。

次日，何先生仍不放心，因为昨天该酒店没有收他的订金，于是又匆忙赶到这家酒店，直接用自己的身份证办理了入住手续，付了住两个晚上的押金。

何先生吃完晚饭，心想该开车到机场去接上海客商了。不曾想却接到这位客商从上海打来的电话说，因家中有急事耽搁，要拖后一天才能来，而且在上海已经把机票退了，同时表示十分抱歉，上午退完机票便应该去电话告知。

人既然不能来了，也不好责怪人家。何先生只好驱车来到原先订好房间的这家酒店，想把今天的房间退了，改为从明晚开始入住。

何先生到酒店时，正好是晚上7点。"小姐，今晚我这个房间不要了，我的客人明天才能来，能不能今天就不算我的钱，我明晚开始照样要住两个晚上，你看可以吗"，何先生嗫嚅着把话说完。

总台收款员小徐不假思索地说："哦，对不起，现在已超过傍晚6点，按规定即使现在退房也要算你一天房费的。"

何先生也知道有麻烦，但还是不想放过争取的机会，因为他知道，假如算他一天房费，这份600多元的单是要他买的。于是他又进一步说道："小姐，这个房间我是为朋友订的，我虽然已付了钱，但我今天确实没有住过，能不能通融一下？"

"对不起，我没有这个权力，何况您的资料已经输入电脑了，不是说改就能改的。不过，您既然明天开始还是在我们这里住两天，我倒可以建议大堂副理帮您打较多的折，这样三天下来也就损失不多了，您看可以吗？"小徐耐心地解释，并提出善意的建议。

何先生陷入了沉思。假如明天上海老兄仍然无法来的话，后面麻烦不就更大了？凭他的直觉，这位上海老兄有可能明天还来不了。况且，即便上海客商来了，叫人家买三天的单，尽管房费降低，但人家怎么理解呢？他沉默良久，倒是小徐打破沉寂，爽快地说："我还是请大堂副理过来和您说吧。"

随即，大堂副理小陈出现在何先生面前。何先生把情况如实相告后恳请大堂副理通融，并说以往他的很多客户都是经他介绍住到贵酒店的，如果今天的事情能解决，保证今后仍然介绍客户过来住。

大堂副理小陈也感到为难，同样坚持徐小姐的意见，因为他只有一定的打折权，而没有免单权。假如请示上司，小陈以前也曾因类似事情而碰过钉子，他不想找这种麻烦。最后，他还是没有答应何先生的要求。

何先生也不想再苦苦哀求，毕竟他也算是一个生意场上的人，不想让人家看不起他。最后，他还是买了一天的房费单。不过，他同时也没有再预订第二天的房间了。

（案例来源：陈文生. 酒店经营管理案例精选. 北京：旅游教育出版社，2007.）

分析：

1. 结果因小失大

本案例的处理结果显然是因小失大。只因为不愿损失今天这间房的房费，却失去了后两天的房费，而更严重的问题是今后可能失去更多的由这位客人带来的一大批的客户。

2. 造成此结局的原因

收款员和大堂副理按规定办事，虽然也做了努力，但却无法挽回失去一个大客户的结局，原因何在呢？

（1）酒店高层管理者的权限意识不足　假如高层管理者能深入现场亲身感受客人对酒店的期望和殷切之情，亲身感受一线人员的为难之处和为酒店着想的强烈愿望，就不会责备小陈等人"要"过大的权力和做过多的请示了。

这样一来，小陈就可根据客人实际情况和客人将带来的潜在客源灵活处理：给客人免单，或者至少可以给客人按半天计费，或钟点房计费，以挽留这位大客户。

（2）员工自身素质有待提高　高层管理者不愿下放权力的另一原因在于对属下不充分信任，认为其没有足够的处理问题的能力，放权反而会把问题办砸，所以员工们自身素质还有待提高，要做到让上司放心，这样才能获得充分的权限。

（3）上下级之间的沟通非常重要　无论高层管理者、大堂副理、还是一线服务员都有一个共同的目标，那就是为客人提供优质的服务，为酒店创造更多的利润，所以根本利益是一致的，遇到事情应及时沟通，上传下达，平等交流，互相理解与支持，不断改进工作方法，共同完善服务政策，以便有利于工作的开展。

项目考核

一、考核说明

总分100分，得分在85分以上为优，75～84分为良，60～75分为中等，60分以下为差。

二、考核细则（见表 2-16）

表 2-16 考核细则

考核要点	满分	得分	备注
1. 预订的取消流程	20		
2. 预订的变更流程	20		
3. 预订的婉拒流程	20		
4. 服务态度和服务意识	20		
5. 灵活处理问题的能力	10		
6. 综合表现	10		
总　分	100		

模块三　礼宾服务

　　礼宾服务（Concierge/Bell Service）：是指从宾客抵店入住到离店期间，礼宾部对宾客的所有服务，包括迎送服务、接机服务、行李服务、派送服务、问询、委托代办服务和广播服务等。礼宾服务相关术语见表3-1。

表3-1　礼宾服务相关术语一览表

五星级酒店　Five-star hotel	叫醒服务　Wake-up call
行李　Luggage/Baggage	往前直走　Straight on
行李架　Luggage rack	
行李存放处　Luggage Depository	电梯　Elevator
行李车　Baggage trolley	洗手间　Toilet
司机　Driver	
导游　Tour guide	游泳池　Swimming pool
雨伞　Umbrella	自助早餐　Buffet breakfast
小费　Tip	西餐厅　Western restaurant
	中餐厅　Chinese restaurant
接机服务　Pick-up service	大堂吧　Lobby lounge
停车场　Parking lot	
机场　Airport	医务室　Clinic Room
火车站　Railway station	桑拿　Sauna
商场　Shopping center	按摩　Massage
超市　Super market	美容厅　Beauty salon
	多功能厅　Multi-Function Hall
行李寄存　Check baggage	会议室　Meeting room
贵重物品　Valuables	
易碎物品　Fragile objects	换钱　Change money
小心轻放　Handle with Care	明信片　Postcard
请勿倒立　Keep Top Side Up	洗衣袋　Laundry bag

实训项目一　门童服务

实训目的

了解门童服务相关知识；

掌握门童服务基本流程；

培养对客服务专业技能。

实训时间

2 学时

实训地点

模拟实训室

实训方式

图片、视频引入；

教师说明实训要求、讲解相关知识及流程示范；

学生分组讨论、情景模拟与教师观察、监督相结合；

师生共同进行案例研讨。

知识储备

门童（Doorman）又称"门迎"、"门卫"，是站在酒店入口处负责迎送客人的前厅部员工。门童值班时，通常身着镶有醒目标志的特定制服，站立要自然挺直，双手背后，两脚分开约与肩同宽，同时要显得精神抖擞，以创造一种热烈欢迎客人的气氛。

门童的主要职责是：迎宾服务、指挥门前交通、做好门前保安工作、回答客人问询、送客服务等。

>>> 项目流程表（见表 3-2）

表 3-2　门童服务流程表

工 作 流 程	操 作 标 准
（一）客人抵店时的服务流程	
1. 欢迎客人	（1）如果是走路来店的客人，则主动为客人拉开酒店大门，并向客人点头致意，表示欢迎："欢迎您光临×××酒店" （2）如果是乘车来店的客人，则应把车辆引导到客人方便下车的地方，待车停稳后，替客人打开车门，躬身向客人致意 （3）如果是住店客人进出酒店，同样要热情地问候致意

续表

工 作 流 程	操 作 标 准
2. 替开车门	(1)开车门时,用左手拉开车门呈70度左右,右手挡在车门上沿,为客人护顶,防止客人头部与汽车门框相碰 (2)注意:对信仰佛教或伊斯兰教的客人不能护顶,判断这两种客人,应根据客人的衣着、行为举止和工作经验等。如无法判断客人的身份,可将手抬起而不护顶 (3)开车门的顺序为"先女后男,先外后内,先老后幼",即优先为女宾、外宾、老年客人开车门,若无法判断车内客人的具体情况,应先开后门 (4)客人下车以后,要看看有无物品忘在车内,再轻轻把车门关上
3. 帮卸行李	(1)帮助客人卸下行李,或协助行李员完成此项工作 (2)清点行李件数,并检查行李有无破损,及时与客人沟通 (3)规范引领客人到酒店的前台,或协助行李员完成此项工作
4. 指挥交通	(1)记录车牌号,以便客人有行李忘拿等情况发生时,可以及时联系 (2)把车引导到合适的地方,以便后面来的车辆可以顺畅通过
(二)客人问询时的服务流程	
1. 热情接待	对于客人的询问要热情相迎,表示乐意效劳之意,不得怠慢客人
2. 认真聆听	仔细倾听客人问题,让客人把意思表达完整,不得打断客人说话
3. 回答问询	(1)耐心回答客人问题,适当时作进一步推销服务 (2)对于无法确定的问题,及时联系相关人员,及时给客人回复
4. 礼貌告别	确定客人没有其他问题时,礼貌与客人道别
(三)客人离店时的服务流程	
1. 主动问候	主动询问客人是否需要乘坐出租车 (1)若客人步行离店,不需叫车,则应跟客人礼貌告别 (2)若客人需要出租车,则要为客人提供出租车服务
2. 代叫出租车	(1)帮客人叫来出租车 (2)把车引导到适当的位置,等车停稳后,拉开车门,请客人上车,关车门
3. 行李服务	若客人有行李,应协助行李员将行李装好,并请客人核实
4. 礼貌告别	(1)当客人汽车启动时,应挥手向客人告别 (2)当车辆离开时应目送客人,直至离开视线范围 (3)注意:若是团队客人离店,则应站在车门一侧,向客人点头示意,同时注意客人上车过程,发现有行动不便的客人,应扶助其上车,等人都到齐后,示意司机开车

情景示范

门童 Doorman (D),客人 Guest (G)

(一)客人抵店

汽车停在了×××酒店门口,门童上前问好,为客人开车门。

A car pulls up in front of ×××Hotel and a doorman goes forward to meet the guest, opening the door of the car for him.

D:晚上好。欢迎光临!

Good evening, sir. Welcome to our hotel.

G：晚上好。

Good evening.

D：对不起先生，您一共带了 3 件行李是吗？

Excuse me，sir. Are there three pieces of luggage in all?

G：是的。

Yes.

D：好的，让我帮您拿吧，我会照看好行李的。

Ok. Leave them to me，sir. I'll take care of your luggage.

G：谢谢。

Thank you.

D：不客气先生。总台就在前面，这边请。

Not at all. The Reception Desk is straight ahead. This way，please.

（二）客人问询

G：对不起，请问餐厅在哪里？

Excuse me，where is the restaurant please?

D：我们这里有中餐厅和西餐厅，您更喜欢哪个呢？

We have a Chinese restaurant and a western-style restaurant. Which one
do you prefer?

G：我喜欢中餐。

I'd like some Chinese food.

D：那在二楼，这边请。

It is on the second floor. This way，please.

G：什么时候可以用餐？

What are the hours at the restaurant?

D：午餐是上午 10 点半到下午 2 点，晚餐是下午 5 点到晚上 9 点。

Lunch is from 10：30a. m. to 2：00p. m. Dinner is from 5：00p. m. to
9：00p. m.

G：谢谢。

Thank you.

D：不客气。

You're welcome.

（三）客人离店

D：您好，先生。请问您需要一辆的士吗？

Good morning，sir. Would you like me to call a taxi for you，please?

G：是的，多谢。

Yes，thanks.

D：到哪里呢，先生。

Where to? Sir.

G：到火车站。

To the railway station.

D：好的，请稍等。

OK，moment，please.

（的士叫来后……after a taxi is coming…）

D：不好意思让您久等了，先生。您一共是3件行李对吗？

Sorry to have kept you waiting，sir. Are there three pieces of luggage in all?

G：是的。

Yes.

D：让我把他们放到后备箱吧。

Let me take them to the trunk

G：非常感谢。

OK，thank you very much.

D：不客气先生，希望能再次见到您。祝你好运。

You are welcome，sir. Hope to see you again. Wish you good luck.

案例分析

"女士优先"应如何体现

在一个秋高气爽的日子里，门童小贺穿着一身剪裁得体的新制衣，第一次在礼宾部上岗工作。一辆白色高级轿车向酒店驶来，司机熟练而准确地将车停靠在酒店豪华大转门的雨棚下。小贺看到后排坐着两位男士、前排副驾驶座上坐着一位身材较高的外国女宾。小贺一步上前，以优雅的姿态和职业性动作，先为后排客人打开车门，做好护顶姿势，并目视客人，礼貌亲切地问候，动作麻利而规范，关好车门后，小贺迅速走向前门，准备以同样的礼仪迎接那位女宾下车，但那位女宾满脸不悦，使小贺茫然不知所措。通常后排座为上座，优先为重要客人提供服务是酒店服务程序的常规，这位女宾为什么不悦？小贺错在哪里？

（案例来源：国际金钥匙组织（中国区）论坛，http：//bbs. lesclefsdorchina. com）

分析：

在西方国家流行着这样一句俗语："女士优先"。在社交场合或公共场所，男子应经常为女士着想，照顾、帮助女士。诸如：人们在上车时，总要让妇女先行；下车时，则要为妇女先打开车门，进出车门时，主动帮助她们开门、关门等。西方人有一种形象的说法："除女士的小手提包外，男士可帮助女士做任何事情"。门童小贺未能按照国际上通行的做法先打开女宾的车门，致使那位外国女宾不悦。

项目考核

一、考核说明

总分 100 分，得分在 85 分以上为优，75～84 分为良，60～75 分为中等，60 分以下为差。

二、考核细则（见表 3-3）

表 3-3 考核细则

考核要点	满分	得分	备　注
1. 仪容仪表、礼貌用语	10		
2. 迎送客人	15		
3. 代客人叫车	10		
4. 开车门礼仪	20		
5. 装卸行李	20		
6. 问询服务	15		
7. 综合表现	10		
总　　分	100		

实训项目二　行李员服务

实训目的

了解行李员服务相关知识；

掌握客人抵店、离店、存取行李服务基本流程；

培养对客服务专业技能。

实训时间

2 学时

实训地点

模拟实训室

实训方式

图片、视频引入；

教师说明实训要求、讲解相关知识及流程示范；

学生分组讨论、情景模拟与教师观察、监督相结合；

师生共同进行案例研讨。

知识储备

行李员（Bellboy）又称"Bellman"、"Porter"、"Baggage Handler"，其工作岗位在酒店大堂一侧礼宾部（行李服务处）。礼宾部主管在此指挥、调度行李服务及其他大厅服务。

一、行李员的职责

行李员不仅负责为客人搬运行李，还要向客人介绍店内服务项目及当地旅游景点，帮助客人熟悉周围环境，跑差（送信、文件等）、传递留言、递送物品，替客人预约出租车。

二、行李员素质要求

① 能吃苦耐劳，眼勤、嘴勤、手勤、腿勤，和蔼可亲。

② 性格活泼开朗，思维敏捷。

③ 会讲英语、标准的普通话，会写简单的英文。

④ 熟悉本部门工作程序和操作规则。

⑤ 熟悉酒店内各条路径及有关部门位置。

　　⑥ 了解店内客房、餐饮、娱乐等各项服务的内容、时间、地点及其他有关信息。

　　⑦ 广泛了解当地名胜古迹、旅游景点和购物点，尤其是那些地处市中心的购物场所，以便向客人提供准确的信息。

三、相关表格（见表 3-4～表 3-7）

表 3-4　散客入住行李搬运记录

日期 Date	房号 Rm. No.	上楼时间 Up Time	行李件数 Pieces	行李员 Bell	预计离店时间 Depart. Time	备注 Remarks

表 3-5　散客离店行李搬运记录

日期 Date	房号 Rm. No.	离店时间 Depart. Time	行李件数 Pieces	行李员 Bell	车号 No.	备注 Remarks

表 3-6　团队行李进出店登记单

团体名称					人　数		
抵达日期				离店日期			
进店	卸车行李员			酒店行李员		领队签字	
离店	装车行李员			酒店行李员		领队签字	
行李进店时间		车号		行李收取时间		行李出店时间	车号
房号	行李箱/件数		行李包/件数		其他/件数		备　注
	入店	出店	入店	出店	入店	出店	
总计							

入店
行李主管：
日期/时间：

出店
行李主管：
日期/时间：

表 3-7 行李寄存单

行李寄存单(饭店联)

姓名(Name)：＿＿＿＿＿＿＿＿＿＿

房号(Room No.)：＿＿＿＿＿＿＿＿＿＿

行李件数(Luggage)：＿＿＿＿＿＿＿＿＿＿

日期(Date)：＿＿＿＿＿＿＿＿＿＿ 时间(Time)：＿＿＿＿＿＿＿＿＿＿

客人签名(Guest's Signature)：＿＿＿＿＿＿＿＿＿＿

行李员签名(Bellboy's Signature)：＿＿＿＿＿＿＿＿＿＿

行李寄存单(顾客联)

姓名(Name)：＿＿＿＿＿＿＿＿＿＿

房号(Room No.)：＿＿＿＿＿＿＿＿＿＿

行李件数(Luggage)：＿＿＿＿＿＿＿＿＿＿

日期(Date)：＿＿＿＿＿＿＿＿＿＿ 时间(Time)：＿＿＿＿＿＿＿＿＿＿

客人签名(Guest's Signature)：＿＿＿＿＿＿＿＿＿＿

行李员签名(Bellboy's Signature)：＿＿＿＿＿＿＿＿＿＿

⟫ 项目流程 （见表 3-8～表 3-10）

表 3-8 散客抵店行李服务流程

工 作 流 程	操 作 标 准
1. 迎接客人	客人乘车抵店后,行李员迅速上前,热情问候客人。对于 VIP 客人,行李员应根据通报信息,以姓名称呼客人
2. 搬运行李	(1)帮助客人将行李迅速从车上卸下,同时记住车牌号 (2)卸下行李后,请客人一起确认行李件数 (3)检查行李有无破损,如有破损,必须请客人签字证实 (4)客人的贵重物品及易碎品,如手提电脑、相机、公文包等,不必主动提拿,尽量让客人自己提,如果客人要求行李员提拿,则应特别小心,防止丢失和破损 (5)如需使用行李车,要注意大件行李和重的行李放在下面,小的、轻的行李放在上面,并要注意易碎及不能倒置的行李的摆放 (6)搬运行李时必须小心,不可用力过大,更不许用脚踢客人的行李
3. 协助办理入住手续	(1)引领客人至前台办理入住手续 (2)客人在登记时,行李员手背后站在总台一侧(离前台约 2 米以外的地方)等候客人,并注意照看好客人的行李 (3)待客人登记完毕后,行李员应主动从前台服务员手中接过客房钥匙
4. 引领客人入房	(1)引领客人时,行李员要走在客人的左前方,距离二三步,步伐节奏要与客人保持一致。途中,要热情、主动地向客人介绍酒店的服务项目和设施,推销酒店的商品,遇有转弯、阶梯或路面较滑时,回头向客人示意、提醒 (2)搭乘电梯时,行李员应先将一只手按住电梯门,请客人先进电梯。进电梯后应靠近电梯按钮站立,以便于操控电梯。出电梯时,应请客人先出,自己携行李再出,继续在前方引导客人到房间 (3)到达房间门口,行李员要先敲门三下,同时报自己的身份,确认房内无人后再用钥匙开门 (4)开门后,立即打开电源总开关,大体观察一下房间,退至房门一侧,请客人先进房门。如发现房间有客人的行李或未整理,或是客人对房间不满意,要立即向客人致歉,并与总台联系处理

续表

工 作 流 程	操 作 标 准
5. 介绍房间设施	(1)随客人进入房间后,将行李放在行李架上或按照客人吩咐将行李放好,注意行李的正面朝门 (2)帮助客人打开或拉上窗帘 (3)请客人坐下后,行李员应向客人介绍房间的有关设施并认真回答客人的提问;应告知安全通道的正确位置,介绍房间的朝向、房间小酒吧的位置、空调控制开关和各种灯具开关的使用方法,酒店的洗衣服务及电话号码等。(如果客人以前曾入住过本店,就不用介绍了)注意介绍时要因人而异,不必面面俱到,以免过多占用客人的时间,影响客人休息 (4)介绍完毕,行李员应礼貌询问客人是否还有其他吩咐。在客人无其他要求时,行李员应向客人道别并祝客人居住愉快,倒退出门,面向客人将房门轻轻关上
6. 填表登记	行李员离开房间后,迅速走员工通道返回礼宾部,填写散客入住行李搬运记录

表 3-9　散客离店行李服务流程表

工 作 流 程	操 作 标 准
1. 受理行李要求	(1)大厅内有客人携行李离店时,应主动提供服务 (2)当客人打电话或到礼宾台要求礼宾部派人运送行李时,行李员应礼貌地问清房号、姓名、行李件数及搬运时间,并详细记录
2. 收取行李	(1)按时到达客人所住房间 (2)进入房间前,无论客房门是开的还是关的,均应先敲门。敲门声音要适中,并自报家门:"您好,行李员。"经客人准许后再进入房间 (3)进房后应向客人致意,帮助客人清点行李并注意检查行李有无破损 (4)按要求填写行李单,将下联交给客人,与客人道别,然后把行李运送至礼宾台。如果客人要求和行李一起离开,要提醒客人不要遗留物品在房间,离开时要轻轻关门
3. 陪同客人到前台	(1)正确为客人引路 (2)询问客人住店是否满意。若宾客提及任何不满,向宾客道歉并感谢宾客提出的宝贵意见;向宾客保证会反映以上问题 (3)陪同客人到前台办理离店手续
4. 帮助离店	(1)确认客人已结完账并把客房钥匙交还总台 (2)随客人将行李送到门前 (3)请客人清点行李件数,然后再将行李装上汽车,向客人收回行李单下联,请客人上车 (4)向客人道谢并祝客人旅途愉快
5. 填表记录	完成行李运送工作后,应回到礼宾台填写散客离店行李搬运记录

表 3-10 存取行李服务流程表

工作流程	操 作 标 准
1. 确认客人身份	(1)客人要求寄存行李时,要礼貌地向客人征询所住房号、姓名等 (2)若有团队行李需要寄存时,应了解团号、寄存日期等信息 (3)外来客人的行李一般不予寄存
2. 检查登记行李	(1)礼貌地询问客人所寄存行李的种类、件数、提取时间,向客人说明贵重物品、易燃、易爆、易碎、易腐烂的物品或违禁物品不能寄存 (2)检查每件行李是否上锁,行李有无破损情况 (3)填写"行李寄存单"并请客人过目后签名,上联系在行李上,下联交给客人,并告知人下联将作为领取行李的凭证
3. 收管行李	(1)在领班陪同下,将寄存的行李放入行李房,填写寄存行李登记表,注明行李存放的位置 (2)将同一位宾客的多件行李用绳子拴在一起,以免拿错 (3)行李房要上锁,钥匙由行李领班亲自保管
4. 提取行李	(1)请客人出示行李寄存单下联,并询问行李的颜色、大小、形状、件数、存放时间等 (2)将寄存单下联和系在行李上的寄存单上联进行核对,核对无误后,当面点清行李件数,把行李交给客人 (3)收回寄存单下联并与上联订在一起存档,并作好相关记录

情景示范

行李员 Bellboy (B),客人 Guest (G)

(一) 带领客人到房间

B:这是全部的行李吗,先生?

Is there everything, sir?

G:是的。

Yes, there's everything.

B:能不能让我看下您的房卡?

OK, May I have a look at your room card?

G:噢,好的。我住 1101 房。

Oh, yes. is 1101.

B:好的。现在我带您去您的房间。

I see. Now please follow me. I'll show you to your room.

G:西餐厅在哪呢?

Where is the Western restaurant?

B:在一楼,先生。出电梯右转就到了。

Oh, it's on the First floor. Get out the lift and turn right, sir

G:什么时候开呢?

　　When will it open?

B：营业时间是早上6点半到晚上10点。

　　The service time is 6:30a. m. To 10:00p. m. .

G：好的。

　　OK.

B：我们到了先生，1101房。让我帮您开门吧。

　　Here we are，sir. Room 1101. Let me help you to open the door.

（门开后）

B：您先请先生，我把您的行李放在这里好吗？

　　You first，sir. Do you mind if I put your luggage at here?

G：好的，非常感谢。

　　It's OK，Thank you very much.

B：这是我的工作。房间如何呢先生？

　　That's my job. How do you like this room?

G：非常舒适，我很喜欢。

　　It's very cozy. I like it very much.

B：还有其他需要吗？

　　Is there anything else I can do for you?

G：没有了，谢谢。

　　No，Thank you.

B：好的，晚安！

　　OK，Good night. !

（二）客人寄存行李

S：我想要寄存我的行李。

　　I want to check my luggage.

B：当然可以，先生。你可以把行李寄存在这里。请您办一下寄存手续。

　　Certainly，sir. You can check luggage here. Please go through the for-
malities.

S：没问题。

　　No problem.

B：您是几号房的？

　　May I know your room number?

S：我的房号是1101。

　　My room number is 1101.

B：您什么时候来取呢？

When will you take them back? Sir.

S：大约半小时以后。

About 30　minutes later.

B：好的，请在这里签个名。

OK，please sign your name here.

B：请保存好行李寄存卡，当您来取回行李时，请出示这张卡的下半联。

Keep the luggage check card，and for drawing，please show the second half of this card.

S：好的，非常感谢。再见。

OK，thank you very much. Bye bye.

B：先生，再见。

See you. Sir.

案例分析

行　李　牌

中午 12 点多，一位客人提着行李箱走出电梯，径直往总台旁的行李房走去。正在行李房当班的服务员小徐见到他就招呼说："钱经理，您好！今天是什么风把您吹来了？"钱先生回答说："住得挺好的，生意也顺利谈完了。现在就到您这儿寄存行李，下午出去办点事，准备赶晚上 6 点多的班机回去。""好，您就把行李放这儿吧。"小徐态度热情，一边从钱先生手里接过行李箱，一边说。

"是不是要办个手续？"钱先生问。

"不用了，咱们是老熟人了，下午您回来直接找我取东西就行了。"小徐爽快的表示。

"好吧，那就谢谢您了。"钱先生说完便匆匆离去。

下午 4 点 30 分，小徐忙忙碌碌地为客人收、发行李，服务员小童前来接班，小徐把之前的工作交给小童，下班离店。

4 点 50 分，钱先生匆匆赶到行李房，不见小徐，便对当班的小童说："您好，我的一个行李箱午后交给小徐了，可他现在不在，请您帮我提出来。"小童说："请您把行李牌交给我。"钱先生说："小徐是我的朋友，当时他说不用办手续了，所以没拿行李牌。您看……"小童忙说："这可麻烦了，小徐已经下班了，他下班时也没向我交代这件事。"钱先生焦急地问："您能不能给我想想办法？""这可不好办，除非找到小徐，可他正在回家的路上……""请您无论如何想个法子帮我找到他，一会儿我就要赶 6 点多的班机回去。"钱先生迫不得已地打断小童的话。

"他可能正在挤公交车，手机无法接通，现在无法跟他联系……"

（案例来源：刘伟. 前台与客房管理. 北京：高等教育出版社，2002.）

分析：

本来是想给老顾客以方便，结果却事与愿违，反给客人增添了麻烦。本案例的具体原因及启示如下。

① 主要是行李员小徐没有让客人办理寄存手续造成的。

② 小徐也没有做好工作的交接，导致接班行李员小童无法让客人取走行李。而行李员小童的做法无可厚非，如果随意让没有手续的客人取走行李倒是对客人不负责任的行为。

③ 小徐交班之后应该保持通信畅通，这样即使有本案例类似事情发生也可及时联络解决。

④ 本案例提醒我们酒店工作一定要严格按照操作程序进行，不能因为是熟人就省去必要的手续；交接班要仔细认真，确保交代清楚所有未尽事宜；交接班之后交班员也要保持通信畅通，以防接班员有问题及时沟通。

项目考核

一、考核说明

总分 100 分，得分在 85 分以上为优，75～84 分为良，60～75 分为中等，60分以下为差。

二、考核细则（见表 3-11）

表 3-11　考核细则

考核要点	满分	得分	备 注
1. 迎接客人	5		
2. 卸下行李、记录车牌号	10		
3. 清点行李件数、检查行李有无破损	10		
4. 为客人引路，协助办理手续	15		
5. 介绍相关服务及设施	10		
6. 散客离店行李服务	20		
7. 存取行李服务	20		
8. 综合表现	10		
总　分	100		

实训项目三　机场代表服务

实训目的

了解机场代表服务的相关知识；

掌握机场代表服务的基本流程；

增强对客服务的灵活性与专业化。

实训时间

2 学时

实训地点

模拟实训室

实训方式

图片、视频引入；

教师说明实训要求、讲解相关知识及流程示范；

学生分组讨论、情景模拟与教师观察、监督相结合；

师生共同进行案例研讨。

知识储备

机场代表（Airport Representative），主要代表酒店到机场、车站、码头迎接客人，并负责途中向客人介绍酒店及当地情况、联系酒店做好接待准备等。其具体业务如下：

① 保证各车次、航班的信息准确无误，并及时传达到酒店；

② 做好 VIP 客人的接待工作；

③ 熟悉酒店各项服务设施，主动、热情地推销酒店服务，积极招来客源；

④ 注意与车队司机协调配合好，顺利完成迎接任务，及时与前台和机场联系，获取航班抵离信息，避免误接或未接到的现象产生。

⑤ 努力搞好机场、车站、码头、海关等各单位的关系，不做有损人格、有损酒店利益的事；

⑥ 熟悉客房折扣权限，遇有天气等特殊原因导致航班取消，要及时安排原住店客人返店并招待 WALK—IN 客人；

⑦ 对所有上车的行李要拴上酒店行李挂牌；

⑧ 对暂不回店的客人行李要开具行李寄存单，并告诉客人取件的方法；

⑨ 严格执行岗位文明行为规范。

>>> 项目流程及标准（见表 3-12）

表 3-12　机场代表服务流程表

工作流程	操作标准
1. 准备工作	(1)提前从前厅预订部领取接机通知单,获得需接机客人的姓名、航班号等信息 (2)准备接机牌,打印接机单 (3)提前向机场确认航班是否准时 (4)通知车队按时派车
2. 迎接客人	(1)航班到达后,机场代表应手举接机牌站在出口处,确保仪表、行为符合酒店要求 (2)见到所要迎接的客人时,须主动、热情地上前问候,主动帮客人拿行李 (3)接待人员应进行自我介绍,包括姓名、工作单位等
3. 返回酒店	(1)帮客人搬运行李,送客人上车,确认行李数目 (2)途中向客人介绍酒店及当地情况,如本地时间、日期、从机场到酒店的时间等 (3)到达酒店,帮客人拉开车门,再次确认行李数目 (4)送客人到前厅办理入住手续
4. 通知酒店准备迎接	(1)电话通知前厅礼宾部有关宾客抵店信息,包括宾客姓名、所乘车号、离开机场时间、用房有无变化等 (2)一旦出现误接或在机场找不到宾客,应立即与饭店取得联系,查找宾客是否自己已乘车抵店,并及时与前厅确认
5. 送客离店	(1)宾客离店时,机场代表与礼宾处行李组及车队取得联系,弄清宾客姓名、所乘航班号、具体离店时间、行李件数及其他要求等 (2)协助宾客托运行李和办理报关手续 (3)与宾客告别,感谢宾客光临酒店,并欢迎宾客再次光临

案例分析

我能帮助你们

　　×××酒店按常规,每天派一名酒店代表前往火车站,为几列豪华旅游列车接站。此刻,中日友好协会的某旅行团乘车抵达,该团成员皆为老人。不知是因为导游的粗心没有通知酒店,还是此团将要下榻的酒店没有接站服务,只见这批老人在拥挤的站台上,手提、肩背沉重的行李左冲右撞。×××酒店的机场代表小王,正巧没有这趟车的接站任务,看到这种情况他略加思索,便快步上前征得随团陪同的同意,用简单而准确的日语告诉客人,他是×××酒店的机场代表,可以为大家提供无偿的行李服务。请大家先将大件行李集中,清点数目。然后迅速推来行李车把行李一一搬上,跟着旅团向停车场走去。日本客人看着小王推着行李车,心里都有一种到家见到亲人的感觉。次日,由于所下榻酒店服务质量低下,该团全体成员要求当天下午搬至×××酒店入住,因为昨天小王的举动打动了他（她）们。当他们在×××酒店大堂见到小王时,那亲切的招呼声引来了许多客人的目光。一个月后,同一系列的团队也改入住×××酒店,该酒店因此受益匪浅。

（资料来源：徐文苑，贺湘辉. 酒店前厅管理实务. 广州：广东经济出版社，2005.）

分析：

本案例中小王主动助人的服务精神深深地打动了客人，并最终吸引了这批客人及后来的一系列客源，为酒店创造了更多收入、赢得了更好的声誉、树立了良好的形象。这也正是机场代表高尚的职业道德和崇高的使命感的良好体现。

项目考核

一、考核说明

总分 100 分，得分在 85 分以上为优，75～84 分为良，60～75 分为中等，60 分以下为差。

二、考核细则（见表 3-13）

表 3-13 考核细则

考核要点	满分	得分	备　注
1. 接机准备工作	10		
2. 迎接客人规范	20		
3. 返回酒店途中服务	20		
4. 与酒店联系事宜	10		
5. 送客离店时的服务	20		
6. 机场代表的专业素养	20		
总　分	100		

模块四　接 待 服 务

前厅接待处位于前厅的中央，是客人进入酒店的必经之地，是客人与酒店结成下榻契约的场所。接待服务是通过接待抵店客人、办理入住登记手续和分配房间来满足客人的需求。

一、接待员服务要求

① 着装整齐，仪容端庄，礼貌站立，思想集中，精神饱满地恭候宾客的光临。

② 客人来到总台，应面带微笑，热情问候招呼："小姐（先生），您好！欢迎光临××饭店"。"请问，有什么可以帮您吗？"熟客、回头客、常住客人应称呼姓氏。

③ 有较多客人抵达而工作繁忙时，要按先后顺序办理住宿手续，做到办理一个，接待另一个，招呼后一个。不要让客人受到冷落。

④ 敬请客人填写住宿登记单后，应尽可能按客人的要求（楼层、朝向等）安排好房间，提供满意的服务。

⑤ 验看、核对客人的证件与登记单要注意礼貌，正确无误后，要迅速交还证件，并表示感谢："××小姐（先生），让您久等了，谢谢！"

⑥ 把住房钥匙交给客人时，不可一扔了之，而应有礼貌地说："××小姐（先生），我们为您准备一间朝南的房间，舒适安静，这是房间的钥匙，房号在上面，这位服务员马上陪您去，祝您愉快！"或说："请慢走！"

⑦ 如客房已客满，要耐心解释，并请客人稍等。一方面等待最后机会，可能在最后几分钟内有人取消订房或退房；另一方面想方设法热情地为客人推荐其他饭店，主动打电话与其他饭店联系。还可说："下次光临，请先预订，我们一定为您保留。"

⑧ VIP进房后，要及时用电话询问客人："这个房间您觉得满意吗？""您还有什么事情，请尽管吩咐，我们随时为您服务！"以体现对VIP的尊重。

⑨ 客人对饭店有意见时，往往来接待处陈述。接待员要面带微笑，以真诚的态度表示欢迎；应凝神倾听，绝不能与客人争辩或反驳；要以真挚的歉意，妥善处置。

⑩ 及时做好客人资料的存档工作，以便在下次接待时能有针对性地进行服务。

二、酒店可以拒绝接待的客人

① 饭店及其相关行业、企业列入黑名单的人。

② 多次损坏饭店利益和名誉的人。

③ 拟用信用卡结账，但其信用卡未通过安检的人。

④ 患重病或传染病的人。

⑤ 带宠物者。

⑥ 无理要求过多的常客。

实训项目一　入住登记

实训目的

掌握客人入住登记服务基本流程及排房技巧；

熟悉并会填写住宿登记相关表格；

提高酒店服务综合素质。

实训时间

2 学时

实训地点

模拟实训室

实训方式

图片、视频引入；

教师说明实训要求、讲解相关知识及流程示范；

学生分组讨论、情景模拟与教师观察、监督相结合；

师生共同进行案例研讨。

知识储备 （见表 4-1，表 4-2）

表 4-1　排房的顺序与注意事项

排 房 的 顺 序	注 意 事 项
分配房间时要根据客人的不同特点、要求和客房的具体情况而定,基本顺序依次为: 　1. 团体客人 　2. 重要客人(VIP) 　3. 已付订金等保证类预订客人 　4. 要求延期的客人 　5. 有准确航班号或抵达时间的普通预订客人 　6. 常客或熟客 　7. 无预订的散客 　8. 不可靠的预订宾客	1. 对 VIP 客人,一般安排较好的或豪华的房间 　2. 对一般客人,特别是零散客人,由于他们的目的往往各异,要有针对性地做好分房工作: 　(1)商务客人对房价的高低不太敏感,可以安排房价较高但比较安静的房间 　(2)散客一般不愿与团队宾客住在一起 　(3)度假客人、留学生等可安排房价较低的房间 　3. 年老、伤残或带小孩的客人,一般安排在低楼层、离服务台或工作间较近的房间,以便照顾 　4. 对于新婚或合家住的客人,一般安排在低楼层边角有大床或边床的房间 　5. 团体宾客(或会议宾客)住在同一楼层或相近楼层 　6. 内宾和外宾分别安排在不同的楼层,特别不要把敌对国家宾客安排在同楼层或相近的房间,并注意房号的忌讳

表 4-2 宾客临时住宿登记表

Registration Form of Temporary Residence For Foreigner			
(请用正楷字填写)(In Block Letters)		房号 Room No	
姓名(Surname)(Firstname)(Middlename)		中文姓名 In Chinese	
国籍 Nationality	性别 Sex	出生日期 Date of Birth	拟住天数 Days Of Stay / 房租 Room Rate
职业 Occupation	停留事由:Reason For Stay □旅游 Travel □公干 Business □访问 Visit □探亲 Visiting Relative		
从何处来 Where From			
往何处去 Where To			
入住日期 Date Of Arrival			
离店日期 Date Of Departure			
国(境)外住址 Home Address			
以下由服务员填写 For Clerk Use			
护照或证件名 Passport. /Visa	护照或证件号码 Passport No. /Visa No.		
签证种类	签证号码	签证有效期	签证签发机关
入境日期	入境口岸	接待单位 Received by	
付款方式 Payment □现金 Cash □信用卡 Credit Card □支票 Cheque □旅行社 Agency □公司账 CO. Account □其他 Others			
有无贵重物品保管 Use Lobby Safe Box □需要 Yes □否 No	退房时间为中午十二时整 Check Out Time Is 12:00 Noon		
备注 Remarks			
职员签名 Receptionist	宾客签名 Guest Signature		

>>> 项目流程（见表 4-3）

表 4-3 散客入住登记流程表

工作流程	操作标准
1. 问候欢迎	(1)主动迎接客人:若事先知道客人的姓名应称呼之;若正在为其他客人服务,应示意其稍等;不要让客人觉得受到冷落 (2)弄清客人是否需要办理入住或者是其他服务

续表

工 作 流 程	操 作 标 准
2. 确认客人有无预订	(1)没有预订 a. 有空房：尽量满足客人要求，并善于推荐酒店其他服务项目 b. 客满：可以拒绝其留宿，但最好帮客人联系其他同等级的酒店 (2)预订客人 a. 查询预订情况 b. 向客人核对预订内容
3. 填写住宿登记表	(1)见"宾客临时住宿登记表" (2)一式三联 (3)同住每个客人都必须登记 (4)请客人出示有效证件，用双手接过证件后查验核对 (5)复印证件后双手奉还并道谢
4. 确定付款方式	(1)确认房费和付款方式 (2)按规定收取预付款
5. 分配房间，通知客房部	(1)操作电脑，找出相应房号并输入，使客人信息处于住店状态 (2)及时通知客房部做相应接待准备
6. 制作房卡钥匙	(1)制作房卡：内容包括客人姓名、房价、抵离日期及经办人签名 (2)向客人介绍房卡用途并请客人签字
7. 贵重物品寄存及其他服务	(1)提醒客人将贵重物品寄存在酒店提供的保险箱内 (2)视情况为客人提供报纸、用餐券、免费饮料各种促销宣传品等
8. 安排客人入住	(1)把房卡、钥匙交给客人，并告知房卡上注有客人所在楼层及房间号 (2)安排行李员引领客人进房 (3)主动与客人道别，并祝客人住宿愉快
9. 储存归档	将客人信息资料存入电脑系统，并整体归档

情景示范

行李员 Bellman（Bm）　贝罗先生 Mr Bellow（B）　接待员 Receptionist（R）

一辆轿车在××饭店门口停下，行李员迎上前去为来客打开车门。

A car pulls up in front of××Hotel and a bellman goes forward to meet the guests，opening the door of the car for them.

Bm：晚上好，先生、太太，欢迎光临。

　　Good evening，sir and madam. Welcome to our hotel.

B：谢谢，晚上好。

　　Thanks. Good evening.

Bm：（打开车尾行李箱，取出行李，看了一下行李标签上的姓名。）

　　（Opening the trunk，taking out the baggage and looking at the name on the baggage tags）

　　贝罗先生，我是行李员。您一共带了四件行李，是不是？

　　I'm the bellman，Mr Bellow. Are there four pieces of luggage in all?

B：是的。

Yes.

（门卫为他们拉开门。）

(The doorman opens the gate.)

Bm：接待处就在前面，两位先请。

The Reception Desk is straight ahead. After you，please.

R：（在接待处）晚上好，先生。我能为您做些什么？

(At the Reception Desk) Good evening. What can I do for you，sir?

B：三个星期前我预订了一间英式套房。我叫亨利·贝罗。

I reserved a British suite three weeks ago. I'm Henry Bellow.

R：请稍候，贝罗先生。我查一下到客单。

Just a moment ，please，Mr Bellow. I'll check the arrival list.

（接待员查看到客单。）

(The receptionist checks the list.)

R：我能看一下你们的护照吗？

Could I see your passports，please?

（看好护照交还贝罗）

(Checking the passports and giving them back)

谢谢，先生。

Thank you，sir.

请填一下住宿登记表。

And would you mind filling in the registration form?

B：我来填吧。

I'll take care of it.

（填好表）

(Filling out the form)

给，这样填行吗？

Here you are. Is it all right?

R：行，谢谢，您打算怎样付款，用现金还是用信用卡？

Yes，thanks. How are you going to pay ，in cash or by credit card?

B：我能用旅行支票付款吗？

Could I pay with traveller's checks?

R：当然可以。这是 908 房间的钥匙和两位的房卡，请妥善保管。

Certainly. Here's the key to Room 908 and your room cards. Please keep them.

行李员会带你们上去的。

And the bellman will show you up.

希望两位在这儿过得愉快。

Have a nice evening，sir．And enjoy your stay.

B：谢谢。

Thank you.

案例分析

问题出在门卡上的房号

神情沮丧的客人白先生找到大堂副理小潘诉称：今天上街购物时，放在上衣口袋里的钱、身份证、寄存单以及酒店房间的门卡（钥匙）统统被小偷"扒"走，不知如何是好。小潘向总台查实白先生是住本酒店809房的客人后，即安慰他道："你还有寄存在总台保险柜的钱，可以经我们酒店有关人员的确认、你报出密码后即可领走。房间门卡丢失不碍事，可以重新制作一张供你使用，请你不要太难过。"

虽然客人一时得到安慰，但令这位客人难过的事情还没完。原来，当用重新制作的门卡打开房门后发现，原先放在房间里的旅行袋被打开，一套崭新的西服不见踪影，昨天刚购买的三条本地产香烟也一起消失了。

问题出在哪里呢？接到白先生报案后，大堂副理小潘陷入了沉思。小潘在保安部经理的建议下，查看了从白先生上午约9点离开酒店到下午约2点回到酒店这一段时间里八楼过道电子探头的录像，发现在中午12点左右，有一个男青年（不是酒店员工）进入过白先生的房间，不一会儿又拎着两个酒店的礼品袋离开。

大堂副理小潘询问白先生："你有没有叫一个男青年到你房间取东西？"

"没有啊"，白先生睁大眼睛大声回答。

"那你发现上衣口袋东西丢失是什么时间呢？"，小潘心里似乎已有了答案，仔细地查询白先生发现失窃的具体时间。

白先生不假思索地回答道："在我到一家小餐馆想吃当地风味小吃时发现的，那已是中午时间，大概是下午1点了吧。不瞒你说，由于我身上没钱了，不但吃不上东西，而且我还是走路回酒店的哩。"

小潘立即带领白先生到咖啡厅用餐，然后说道："回头我把分析的情况告诉你。"

怎么将分析情况告诉白先生呢？小潘感到左右为难。她知道，丢失门卡的责任固然在于白先生，但酒店对失窃事件是否一点责任都没有呢？答案是否定的。因为酒店提供的门卡上不但有酒店标志，而且还明白无误地标有房号！显然，当白先生发现钱、门卡等丢失时，小偷已经按门卡上的酒店名称和房号"光顾"了白先生的房间。平时头脑还算灵活的小潘，这时真不知道该向白先生怎么解释了。

（案例来源：陈文生．酒店经营管理案例精选．北京：旅游教育出版社，2007．）

分析：

白先生房间失窃，问题显然出在门卡上的房号。如果小偷偷去的门卡没有标明房号，顶多知道的是失主住在哪一家酒店，倘若每一个房间都去试开，风险很大。而门卡上打上房号，这无疑给小偷提供了莫大的方便——可以赶在失主未发现失窃或即使发现而未要求酒店封闭房间之前直奔该房间下手作案。

许多酒店为什么要在门卡上贴上房号标签呢？回答是：怕客人忘了自己房间的房号，打上房号便于客人辨认等。其实，房号已在房卡（欢迎卡）或钥匙袋上注明，何况客人开一两次房门后对房号应当也熟悉了。是为方便客人，还是为客人安全考虑，笔者认为应以后者为重。一些酒店管理人员说一般不会因此而出问题，那是存在侥幸心理。"不怕一万就怕万一"，本案例足以告诫我们：在门卡上标有房号的做法潜伏着危险，务必改进。

项目考核

一、考核说明

总分 100 分，得分在 85 分以上为优，75～84 分为良，60～75 分为中等，60 分以下为差。

二、考核细则（见表 4-4）

表 4-4　考核细则

考核要点	满分	得分	备注
1. 弄清客人是否需要办理入住或者是其他服务	10		
2. 确认客人有无预订	10		
3. 填写住宿登记表	15		
4. 分配房间	15		
5. 制作房卡钥匙	15		
6. 提醒客人将贵重物品寄存	10		
7. 安排客人入住	15		
8. 综合表现	10		
总　分	100		

实训项目二　换房服务

实训目的

了解换房出现的原因；

掌握换房服务基本流程；

培养对客服务专业水平。

实训时间

2 学时

实训地点

模拟实训室

实训方式

图片、视频引入；

教师说明实训要求、讲解相关知识及流程示范；

学生分组讨论、情景模拟与教师观察、监督相结合；

师生共同进行案例研讨。

知识储备

一、换房原因

1. 客人要求调换房间，通常有以下几种情况

① 正在使用的房间在其价格、大小、种类、噪声、舒适程度以及所处的楼层、朝向等方面不合客人的意。

② 住宿过程中人数发生变化。

③ 客房设施设备出现故障。

2. 酒店单方面要求客人换房

酒店单方面要求客人换房往往是由于出现超额预订或房间设施设备发生故障等原因造成的。属于酒店的过错，而房间的调换又会给客人带来很多不便，容易使客人产生抱怨情绪，因此，在这种情况下，有关人员应对客人表示道歉，并耐心做好解释工作，求得客人的谅解与合作。必要时，可向客人提供规格较高的房间。

二、换房单（见表 4-5）

表 4-5　换房单

换房单 Room Chang List		
日期 date：		时间 time：
客人姓名 name：		离开日期 dept. date：
房号 room No：	由 from：	转到 to：
房租 rate：	由 from：	转到 to：
理由 reason：		
当班接待员 clerk：		行李员 bellboy：
客房部 housekeeping：		电话总机 operator：
收银处 cashier：		问讯处 information：

》》》项目流程（见表 4-6）

表 4-6　换房服务流程

工作流程	操 作 标 准
1. 弄清换房原因	(1)接到换房要求,礼貌问询其原因 (2)根据同原因有针对性的进行服务
2. 确认分房	(1)按客人要求查看选择合适房间 (2)与客人确认新的房间及价格 (3)制作新房卡新钥匙 (4)填写《换房单》,内容包括客人姓名、新旧房号、换房原因等 (5)若不能满足客人要求,则要向客人说明,请其谅解,同时记录,等有空房,优先考虑
3. 行李服务	(1)通知行李员帮助客人换房 (2)发放新的房卡和钥匙,由行李员收回原房卡和钥匙
4. 换房通知	将换房信息通知相关部门以做好相关服务
5. 变更信息	将换房信息录入电脑,立即更改相关记录
注意	(1)若是酒店方面原因换房,则应向客人致歉并说明原因,争得客人谅解 (2)必要时向客人提供相应折扣或调至更高规格房间

案例分析

换 房 风 波

陆先生是澳门著名商人,经常来往国内港澳两地洽谈生意,他生性豪爽,做事果断,非常注重原则,在商界有很好的名声。今年10月初他在澳门时寄了一封信给香港丽美大酒店预订10月14日晚至28日的房间,酒店订房部也回了信,注明了陆先生入住和离店日期、宾客姓名及房租价钱。陆先生所订房间是一个单人间,房租每天港币300元。

14日下午六点零五分陆先生到达酒店,当他向总台出示本酒店订房部的复信时接待员吴小姐告诉他："本酒店空房间只有数间，最便宜的也要 350 元一天。"陆先生平心静气地说："小姐，我订的房间是 300 元。"不等陆先生说完，吴小姐又说："我们酒店规定，订房而没有预付订金，只留房至六点整，你来迟了，现在只有 350 元一种，你要不要？"陆先生对服务员吴小姐的态度很不满意，要求见主管或经理。值班主管对陆先生说："先生，你订的房间已过了我们留房的时间，今天晚上就住这间房吧！如果 350 元的房租太贵的话，明天你再搬到 300 元的房间吧。"陆先生一听更不高兴了，指着订房部的回信说："信上没有指明留房至几点钟，我在六点零五分来，你就说我来迟了？好，我就租你们剩下的 350 元那一种空房，但告诉你们我只会付 300 元。如果明天有 300 元那种空房间就换给我。"说完就气愤地进了房间。

　　第二天陆先生很晚才回来，总台接待员恰巧又是吴小姐。陆先生就问："你们今天有没有替我换房间？"吴小姐说："你没有告诉我们换房，我们当然没有给你换！"陆先生一听更不高兴了，打算第三天早上搬到另一家酒店。16 日早上结账，一看房租两天 700 元，他拒绝付款并要找经理。陆先生说第一晚没有按他所预订的房间租给他，第二晚没有替他换房，所以他只付 300 元一天。当时是早上，酒店有很多宾客出出入入，争吵吸引了很多宾客围观，很是热闹。

　　（案例来源：郭一新. 酒店前厅客房服务与管理实务教程. 武汉：华中理工大学出版社，2010.）

　　分析：

　　① 本案例中接待员吴小姐由于缺乏对客人的引导，导致将协商的焦点集中在房价上而无法达成一致意见。

　　② 如果说缺乏对客引导是服务技巧问题，那么不等客人陆先生说完就打断其说话，就是明显的服务意识问题，连最起码的礼貌和尊重都没有做到，所以客人会不满。

　　③ "信上没有指明留房至几点钟……"则说明酒店做预订确认时的疏忽，没有告知客人房间最后保留时间。

　　④ 客人事先要求第二天有空房就给他换，而接待员非但没给客人换，还把责任推到客人身上，更是惹人气恼。

　　⑤ 而陆先生是个声名很好的商人，经常会来香港住宿，又预订了半个月的房间，这本是一个大客户，遇事要灵活处理。因为 50 元钱而失去了一个重要的客人甚至是一批客户群，实在是没有远见。

━━━━━━━━ **项目考核** ━━━━━━━━

一、考核说明

　　总分 100 分，得分在 85 分以上为优，75～84 分为良，60～75 分为中等，60 分以下为差。

二、考核细则（见表4-7）

表 4-7 考核细则

考 核 要 点	满分	得分	备注
1. 弄清换房原因	15		
2. 确认分房	15		
3. 行李服务	10		
4. 换房通知	10		
5. 变更信息	10		
6. 处理事故的灵活性	15		
7. 服务态度	15		
8. 综合表现	10		
总　　分	100		

实训项目三 变更离店日期

实训目的

掌握提前离店、推迟离店服务基本流程；
培养对客服务专业技能。

实训时间

2 学时

实训地点

模拟实训室

实训方式

图片、视频引入；
教师说明实训要求、讲解相关知识及流程示范；
学生分组讨论、情景模拟与教师观察、监督相结合；
师生共同进行案例研讨。

知识储备

客人在住宿过程中，由于情况发生变化，可能会要求提前结账离店或推迟离店。客人要求提前离店时，应通知预订处修改有关预订记录，并通知客房部尽快打扫房间；如客人要求推迟离店，则要与预订部门联系，检查一下能否满足其要求，如果可以，则由接待员开出"推迟离店通知单"（见表4-8），通知客房部、结账处、问讯处等各有关部门。

表 4-8 推迟离店通知单

推迟离店通知 Extention Of Stay
姓名 Name ＿＿＿＿＿＿＿＿＿
房间 Room ＿＿＿＿＿＿＿＿＿
可停留至 It allowed to stay until ＿＿＿＿＿＿＿＿ a. m. ＿＿＿＿＿＿＿＿ p. m.
日期 Date ＿＿＿＿＿＿＿＿
前厅部经理签字 Front Office Manager Signed ＿＿＿＿＿＿＿＿

>> **项目流程**（见表4-9）

表4-9 变更离店日期流程表

工作流程	操 作 标 准
1. 提前离店	(1)按规定办理相关手续 (2)通知预订处，修改有关预订记录 (3)通知客房部，尽快打扫房间
2. 推迟离店	查看能否满足其要求 (1)如果可以满足，则为客人办理相关变更手续，并填写"推迟离店通知单"（见表4-8），通知相关部门。 (2)若无法满足，应妥善处理，以免得罪客人。 A 要向客人解释酒店的困难，求得客人谅解，为其联系其他酒店。 B 如客人不肯离开，应立即通知预订部，为即将到店的客人另寻房间或联系其他酒店。 C 处理这类问题的原则是：宁可让即将到店的客人住到别的酒店，也不能赶走已住店客人。

━━━━━ **情景示范** ━━━━━

接待员 Receptionist（R）　　　　客人 Guest（G）

早上一位客人来到接待处。

A guest approaches the Reception Desk in the morning.

R：早上好，先生。有何吩咐？

　　Good morning, sir. May I help you?

G：我本来打算今天结账离店。但是由于接到了一些新的任务，我不得不在这儿续住三天。

　　I was going to check out today, but I have to stay for three more nights on some new errands here.

R：请问您的姓名和房间号码？

　　May I know your name and room number?

G：约翰·李，房间号码707。

　　John Lee in Room 707.

R：李先生，请稍等一下，我得查一下电脑记录。……

　　Please wait a moment, Mr Lee. I'll have to check the computer records. …

　　嗯，今天是26日。对不起，您只能在您房间续住两天。因为28日起有个大型会议订了整个七楼和八楼。希望您能谅解。

　　Well, today is 26th. I am sorry to say that your room is available for only 2 nights. There's a convention from the 28th. They have booked the 7th floor and the 8th floor. I hope you'll understand.

G：那怎么办呢？

What's to be done then?

R：别担心，先生。您能在您房间住到 28 日，然后请再来看看，取消预订或逾期不至是常有的事。到时候我们会为您安排妥帖的。

Don't worry , Mr Lee. You may keep your room till 28th, then please check back with us . There're cancellations or no show all the time . We'll manage it for you .

G：行。

That'll do.

R：这是您的住宿登记表。请把上面的离店日期改为 28 日，好吗？

Here is your registration form. Would you please replace the departure date with the 28th?

（李先生办完了手续）

（Mr Lee goes through the formalities. ）

谢谢。希望您在这儿过得愉快。

Thank you. I hope you are enjoying your stay with us here.

项目考核

一、考核说明

总分 100 分，得分在 85 分以上为优，75～84 分为良，60～75 分为中等，60 分以下为差。

二、考核细则（见表 4-10）

表 4-10　考核细则

考 核 要 点	满分	得分	备注
1. 提前离店服务流程	20		
2. 推迟离店服务流程	20		
3. 变更离店日期的服务态度	20		
4. 灵活处理变更事宜	20		
5. 推销客房意识和技巧	10		
6. 综合表现	10		
总　　分	100		

模块五　收银服务

前厅收银又称总台收银，位于饭店大堂显眼处，与总台接待处、问讯处相邻。一般情况下，收银部门业务上归财务部管理，行政上由前厅部负责。业务管理是指对收银员的业务培训与考核，及对营业收入的记账、收银、结账等工作程序的审核；行政管理是指对收银员的仪容仪表、考勤、纪律及服务规范等方面的督察。

一、收银服务主要业务

① 负责办理住店客人的客账结算和离店手续。

② 负责前台客账记账业务，负责编制营业报表。

③ 负责住店客人的贵重物品寄存与保管业务。

④ 负责办理外币兑换业务及信用卡服务。

二、收银员素质要求

① 收银员着装上岗，礼貌服务。

② 严守操作规程，力求快捷、准确。

③ 严格执行发票、现金及信用卡管理制度。

④ 熟悉外汇牌价，保证外汇兑换准确。

⑤ 现金支付，催收催付，点钱快捷，找零准确；严格审查大额现钞，防范假币。

⑥ 支票支付，字迹清晰，不得涂改。

⑦ 信用卡支付，应该请客人签字，并与信用卡背面的签字及身份证进行核对。

⑧ 收到已签字的账单，要迅速入账，防止漏账。

⑨ 严格执行外汇制度，不得私自套汇，兑换外币。

⑩ 严格执行贵重物品的存、取手续，严格核对客人的有关证件。

实训项目一　结 账 服 务

实训目的

熟悉结账服务相关知识；

掌握结账服务基本流程；

灵活处理结账纠纷。

实训时间

2 学时

实训地点

模拟实训室

实训方式

图片、视频引入；

教师说明实训要求、讲解相关知识及流程示范；

学生分组讨论、情景模拟与教师观察、监督相结合；

师生共同进行案例研讨。

知识储备

结账业务（check out）由总台收银员办理，是客人离店前所接受的最后一项"服务"。为了不影响客人的事务，给客人留下良好的最后印象，结账业务的办理要迅速，一般要求在 2～3 分钟内完成。

一、结账方式（见表 5-1）

表 5-1　结账方式

名　　称	特　　点
1. 现金支付	这种支付方式的操作比较简单,收银员只要按照计算机所打印出的账单或是账单卡上所列各项账目的应收款数请客人交款即可
2. 信用卡支付	对以信用卡方式支付的客人,要先认真检查其信用卡是否有效,对其签名进行核对。经确认后,按饭店有关规定进行办理
3. 旅行支票支付	旅行支票是支票持有者用现金在银行购买的一种专用支票。有时会有客人采用旅行支票来结账,那么收银员一定要先确认客人所持支票是否有效和饭店是否受兑,确认之后才可以接受

二、账务类别（见表 5-2）

表 5-2　账务类别

名　称	特　点
1. 住客账务	指住房宾客的账务，包含散客账务和团体成员账务；散客账务只能在"住客账务"中进行处理
2. 团体账务	指以组团方式在酒店人住或消费的多个宾客，为结账结算方便，在账务设置上，既为团体设立一主单账号，又为每一成员设立各自消费账号
3. 挂账账务	指宾客在酒店有消费，消费后采取挂账的情形
4. 商务中心账务	酒店商务中心专门设立一账号，记录商务中心的日常账务

三、账单（见表 5-3，表 5-4）

表 5-3　客人分户账单

房号 Room No	姓名 Name			备注 Remarks		×××Hotel 地址：ADD. 电话：TEL. 电传：Telex. 传真：FAX.
房租 Room Rate	抵店日期 Date Of Arr.		离店日期 Date Of Dept.			

日期 Date	借方									货方 Credit	余额 Balance Due
	房租 Room Rate	服务费 RSC	餐饮 F&B	洗衣 Laundry	电话 TEL.	电传传真 TLX. &FAX.	汽车 Taxi	其他 Misc.	小计 Total		

住客签名 Guest Signature		地址 Address		钥匙请交服务台 Have you returned Your key? NO. 0038287	最终余额 Last balance is amount due
付款单位 Charge To					

表 5-4 团队客人结账单

团名			编号		
抵店时间			付款方式		
离店时间					
团队人数	客人	陪同	全陪姓名		
	计 人	计 人	地陪姓名		
用房数			客房布置及要求		
房费	1. 元/间天 2. 按 合同				
膳食	餐别				
	标准		退餐及其他	日餐	
	餐差				
风味或宴会	月 日 时 分 共 桌 分 人。标准 元/人				
确认事项	(1) (2) (3)				
备注	(1) (2) (3)				

>>> 项目流程（见表 5-5）

表 5-5 结账服务流程

工作流程	操 作 标 准
1. 结账准备	(1)制作当日离店客人表格 (2)汇总当日离店客人消费情况 (3)准备好客人离店账单
2. 问候客人	主动迎接客人,向客人问好
3. 收回房卡等	(1)问清客人姓名、房号,并进行核实 (2)收回房卡、钥匙、押金单收据
4. 通知查房	(1)通知楼层服务员检查房间:查清有无 Mini-bar 消费、有无东西损坏、物品是否齐全等 (2)若有 Mini-bar 消费,则应输入客账;若有物品损坏或丢失,则要灵活处理 (3)利用查房空隙,委婉地询问客人是否有最新消费,确保客人所有消费项目都已入账
5. 核实收款	(1)打出客人消费账单,并请客人确认签字 (2)若客人对账单有疑问,应耐心解答,并及时同有关部门联系处理相关事宜 (3)与客人确认付款方式进行收款,开具发票
6. 礼貌告别	感谢客人光临,祝旅途愉快
7. 更改房态	在客人登记表上盖上时间戳送交接待处,让其更改相应客房状态
备注	(1)团队结账应在半小时之前做好相关准备 (2)收银员应保证在任何情况下,不得将团队房价泄露给客人,如客人要求自付房费,应按当日门市价收取 (3)对于团队客人的自费款项结账与散客结账程序相同

================ **情景示范** ================

收银员 Cashier（C）　　　　　　宾客 Guest（G）

C：先生您早，有什么能为您效劳的吗？

　　Good morning, sir. May I help you?

G：我想退房。

　　Yes, I'd like to check out.

C：好的，请把房间钥匙卡给我好吗？

　　Certainly, sir. May I have your room key, please?

G：好的，给你。

　　Sure. Here it is.

C：请稍等。

　　（查一下记录，通知楼层服务员查房）

　　您是约翰先生吗？

　　Just a moment, please.

　　(Checking files, inform floor assistant to check out room)

　　Are you Mr. John?

G：是的。

　　Yes.

C：今天早上您用过早餐吗？

　　Did you have breakfast this morning?

G：用过，但我用现金付的。

　　Yes, but I paid cash for it.

C：早餐以后您使用过店内的任何服务设施吗？

　　And have you used any hotel services since breakfast?

G：使用过。我用过小酒吧，喝过一听可口可乐。

　　Yes. I used the mini-bar. I drank a can of coca-cola.

C：好的。请等一下，我帮您结算账单。

　　OK. Just a moment, please. I'll draw up your bill for you.

　　让您久等了，约翰先生。这是您的账单，您要核对一下吗？

　　Thank you for waiting, Mr. John, here is your bill. Would you like to check it?

　　您的账单总计是 520 美元。您打算如何付款？用现金/信用卡/旅行支票。

　　Your bill totals US＄520. How would you like to make the payment? In cash. /Bycredit card. /By traveller's checks.

G：用信用卡。你们接受维萨信用卡吗？

　　By credit card. Do you accept Visa Card?

C：是的，约翰先生。

　　Yes，Mr. John.

G：给你。

　　Here you are.

C：（划印了信用卡）请您在这里签名，好吗？

　　(Printed the card) Could you please sign here，please?

G：好的。可以给我开张发票吗？

　　Sure. May I have an invoice?

C：当然可以，先生。请问贵公司宝号？

　　Certainly，sir. May I know the name of your company?

G：×××公司。

　　×××Company.

C：谢谢您，约翰先生。这是您的卡、零钱和收据/发票。祝您旅途愉快。

　　Thank you，Mr. John. Here is your card、change and receipt/invoice.

　　Have a nice trip.

案例分析

案例一

乱中出错

　　某酒店设在一楼临街的休闲中心，今天生意特别好，收银员小梅忙得不可开交。当她正要与别人交接班的时候，又来了一位男宾要买单。

　　"先生，两节脚按，打9折，一共54元"，小梅强打精神向客人说道。

　　这位男宾递上了一张100元面额的钞票，小梅查验了一遍，是真钞。于是小梅立即从抽屉里捡出46元零钱放在客人面前的柜台上。突然，这位客人说："54元是吗？我有零钱，那100元还我。"随即把54元钱扔在了小梅面前的工作台上，小梅随后将100元钞票还给了客人。小梅点完客人交来的零钱，突然想起刚才已交给客人46元呀，赶忙站了起来看柜台上是否有钱。糟糕，柜台上是空的，客人也已走了。等她请门口的保安员叫那位客人时，那个男宾早已消失在夜幕的人流中。

　　（案例来源：陈文生. 酒店经营管理案例精选. 北京：旅游教育出版社，2007.）

　　分析：

　　本案例中那位男宾是否有意诈骗无法判断，但带给收银员的警示则不容忽视。

① 一旦遇到客人先付大面额钞票后又声称有零钱可付的情况时，收银员应立即引起警惕，冷静应对。在实践中发现，确实存在利用钞票几次进出折腾、分散收银员注意力、扰乱收银员思维从而进行真假币掉包以及类似本案占小便宜的不良客人。

② 上班时间要有足够的精神、清醒的头脑和格外的小心，客人急时你不能跟着急，客人忙乱时你不能也跟着忙乱。

③ 面前的客人未结清账，其他客人即使叫你，你也要一个一个地结清。

④ 钱进钱出、唱收唱付、一来一往，都要有条不紊、有序不乱，否则就有乱中出错的危险！

案例二

到底是谁烫的烟洞？

夏日的一天，1606房的吴先生来到前厅办理退房结账手续，收银员小李马上通知客服服务员CHECK-OUT房。不一会儿，客房服务员通知收银员小李在1606房间内的地毯上，发现有三个焦洞，形状像是客人弹烟灰所致。于是，小李按酒店规定向吴先生提出索赔，告知吴先生酒店规定是：每个焦痕赔50元，共150元。吴先生扫视了一下周围的客人，满脸涨得通红地说："凭什么说这是我们烫的烟洞？你们简直是一家'黑店'，不说清楚我坚决拒付赔款。"收银员小李说："我们客房服务员在您刚出来的房间里发现的，不是你是谁呢？"吴先生一听顿时勃然大怒："我们让公安局来鉴定一下吧！"周围的客人都在面面相觑地观望着。大堂经理走了过来，先把客人带到大堂一角，不一会儿又把客房服务员小王叫来。小王回忆了昨天晚上的情景：1606房间的客人要租麻将，客房服务员小王在送麻将牌给客人时，看到房间内有四个男人，谈笑风生，而且每个人都在吸烟，因为烟灰缸不够，有位客人还拿了个茶杯在装烟灰，她马上到工作间又拿了三只烟灰缸给客人送去，就怕客房内地毯被烟蒂烫坏。谁知客人还是把地毯烫了三个烟洞。大堂经理把这个情况解释给了吴先生听："酒店为避免因地毯被烫向客人索赔而引起的投诉，专门在您的客房床头柜上放置了漂亮而醒目的卡片，提醒客人吸烟时，为了酒店和自身的安全，请使用烟灰缸，请不要往地毯上弹烟灰，由此带来的经济损失会由客人承担。同时我们酒店服务员在为你们提供麻将服务时也提醒了，就是为了防止地毯被烫。"吴先生自知不对，交纳了赔款。

（案例来源：郭一新. 酒店前厅客房服务与管理实务教程. 武汉：华中理工大学出版社，2010.）

分析：

①"宾客永远是对的"。这句话并不是说宾客不可能犯错误，而是指从服务的角度来说，要永远把宾客置于"对"的位子上，使其保持一种"永远是对的"的心态。

② 在服务过程中，即使明知宾客犯了错误，一般也不要直截了当地指出来，

以保全其面子。

③ 要耐心解释，以情动人，以理服人，切忌与客人争吵。

项目考核

一、考核说明

总分 100 分，得分在 85 分以上为优，75～84 分为良，60～75 分为中等，60 分以下为差。

二、考核细则（见表 5-6）

表 5-6　考核细则

考 核 要 点	满分	得分	备注
1. 结账准备	10		
2. 收回房卡等	15		
3. 通知查房	15		
4. 核实收款	15		
5. 更改房态	15		
6. 结账时特殊情况处理	20		
7. 综合表现	10		
总　　分	100		

实训项目二　贵重物品保管

实训目的

熟悉贵重物品保服务相关知识；

掌握贵重物品保服务基本流程；

提高酒店服务安全意识。

实训时间

2 学时

实训地点

模拟实训室

实训方式

图片、视频引入；

教师说明实训要求、讲解相关知识及流程示范；

学生分组讨论、情景模拟与教师观察、监督相结合；

师生共同进行案例研讨。

知识储备

一、保险箱

为保证客人的财产安全，酒店通常会为客人设置寄存贵重物品的场所和设施，即为客人提供客用安全保险箱（Safe Deposit Box），供客人免费寄存贵重物品。它是一种带一排排小保管箱的橱柜。小保管箱的数量，一般按酒店客房数的15％～20％来配备。

客用安全保险箱通常放置在总台收银处后面或旁边一间僻静的房间，由收银员负责此项服务工作。保管箱的每个箱子有两把钥匙，一把由收银员负责保管，另一把由客人亲自保管，只有这两把钥匙同时使用，才能打开和锁上保险箱。

二、贵重物品保管注意事项

① 定期检查各保险箱是否处于良好的工作状态。

② 必须请客人亲自前来存取，不能委托他人。

③ 必须认真、严格、准确地核对客人的签名。

④ 不得当着客人的面检查或好奇地欣赏客人存入或取出的物品。

⑤ 当班收银员必须安全地保管好自身的保管箱总钥匙，并做好交接记录。

⑥ 客人退箱后的记录卡必须按规定安全地存储一定的时间（至少半年），以备查核。

三、酒店对客人贵重物品丢失的赔偿条件

① 必须是存在酒店"贵重物品保管处"的贵重物品，否则，如果客人没按要求将其贵重物品存放在贵重物品保管处，对于因此而造成的贵重物品的丢失，酒店可以不负责任或少负责任。

② 很多酒店为客人在客房内提供贵重物品保管箱，其内"丢失"的物品（一般不可能出现），酒店可以不予赔偿。

③ 为了防止一些客人声称自己"放在贵重物品保管处的钱少了"，或"钻石被人偷换了"等类似事件的发生，酒店应要求客人在客人寄存贵重物品时，将贵重物品用酒店提供的专用信封封起来，并请客人在封口处签字。这样酒店就只对存在贵重物品保管处的确实丢失的物品负责。

四、保险箱钥匙遗失的处理

① 如果客人遗失险保险箱钥匙，酒店通常都要求客人做出经济赔偿，但必须有明文规定。例如，可以在记录卡正卡上标出，或在寄存处的墙上用布告出示有关赔偿规定，让客人知晓，以减少处理工作中可能出现的不必要的麻烦。

② 当客人将保险箱的钥匙遗失，而又要取物时，必须在客人、当班的收银员以及酒店保安人员在场的情况下，由酒店工程部有关人员强行将该保险箱的锁做破坏性钻开，并做好记录，以备查核。

五、贵重物品寄存单（见表 5-7）

表 5-7(a) 寄存单正面

服务时间 07:30 ~ 23:00 Service Hour 07:30 ~ 23:00			箱　号 Box No.	
房号 RM NO.	姓名 Name	存放物品 Property Stored		
			日期　Date	
签名 Counter signed	日期　Date	签名 Counter signed	日期　Date	
请阅读背面说明　Please See conditions on reverse				

表 5-7(b)　寄存单背面

1. 如遗失此钥匙,必须更换新锁,您必须照价赔偿
If this key is lost,we will not only replace a new key but a new lock,you will be charged of the cost, Please take good care of the key
2. 如您退房离店时未能将此钥匙交回总台收款处,本饭店有权自行开启并移出保存物品,不负任何责任
The hotel management reserves the right to open the box and remove contents,without liability,if key is not surrendered when guest departs from hotel
3. 我认可已取走所有存放物品,以后与饭店无关
I hereby acknowledge that all property stored in the safe box has been safely withdrawn,and liability of said Hotel therefore is released
住客签名 Guest signature ＿＿＿＿＿＿＿＿＿＿＿＿＿＿＿＿
房号 RM NO. ＿＿＿＿＿　　　　日期 Date ＿＿＿＿＿

》》 项目流程 (见表 5-8)

表 5-8　贵重物品寄存服务流程

工作流程	操 作 标 准
1. 启用保险箱	(1)主动询问客人要求 (2)请客人出示房卡,确认是住店客人 (3)取出客用贵重物品寄存单,逐项填写相关内容,请客人签名确认 (4)根据客人需求选择相应规格的保险箱,介绍使用须知和注意事项,并将箱号记录在寄存单上 (5)两把钥匙同时打开保险箱,取出存放盒,打开盖子,示意客人可以存放物品,并回避一旁 (6)在客人亲自将物品放入盒内,盖上盒盖后,收款员将存物盒、已填好的寄存单第一联放入保险箱,锁上箱门,当面向客人确认已锁好,然后取下钥匙,将寄存单第二联和该箱钥匙交给客人保存,并交代有关事项,道别 (7)保管好总钥匙,每个班次均应统计,核定全部保险箱使用、损坏情况,并在保险箱使用登记本上记录各项内容
2. 中途开箱	(1)主动问好,问清客人要求;客人要求开启保险箱,经核准后,当面同时使用两把钥匙开箱 (2)客人使用完毕,请客人在寄存单相关栏内签名,记录开启日期及时间 (3)收银员核对,确认并签名
3. 客人退箱	(1)礼貌问候,收银员请客人交回钥匙,出示寄存单 (2)客人取出物品后,请客人在寄存单相应栏内签名,记录退箱日期和时间 (3)收银员在总台客用保险箱使用登记簿上记录退箱日期、经手人签名等内容,并将寄存单妥善收存备查

案例分析

"多心"的客人

　　在某一家酒店的总台,听到总台服务员和客人的一段关于寄存现金的对话,现实录如下:

　　"您有贵重物品和现金需要寄存吗?",办完入住手续,总台服务员认真地询问面前一位客人。

"好吧，现金这么多带在身上不方便也不安全"，客人一边回答，一边从小手提包里掏出一沓现金，然后塞进服务员递给他的信封里。

服务员迅速地填写好有关表单，然后请客人在一张单据上签上自己的名字，而后再撕下其中一联交给客人，并说："先生，请您保管好这一张凭证，来领取时要出示这一张的。"

客人似乎有点不放心地问："到时就凭这一张单据就可以领东西吗？"服务员微笑地回答："那也不完全是，还要出示房卡和您本人的身份证。"

客人接着又问："假如我的房卡、身份证连同这张单子都被扒手窃走，他凭这些来领东西，你也会给他吗？"服务员一时怔住了，然后说："怎么会全部都丢了呢？一般不会吧。"

"那有可能！假如是那样的话，他凭这些来领，你会给他吗？"

"我会认得你呀"，服务员被问急了，突然冒出这么一句。

不过，这位客人似乎有的是耐心，他继续问道："你会认得我，你要是明天不上班，其他服务员认得我吗？或者说，我托别人带上全部证件来帮我领取，你会给他吗？"服务员哑然。

客人似乎更加不放心，干脆把已装进信封的钱又全部放回了小手提包，然后说："小姐，我不存了。"服务员望着这位"多心"的客人背影直发呆。

（案例来源：陈文生. 酒店经营管理案例精选. 北京：旅游教育出版社，2007.）

分析："多心"的客人不多心，实际上是细心。而恰恰是客人的细心发现了本案例中贵重物品寄存服务的漏洞，要引以为戒，确保客人的财产安全。

项目考核

一、考核说明

总分 100 分，得分在 85 分以上为优，75～84 分为良，60～75 分为中等，60分以下为差。

二、考核细则（见表 5-9）

表 5-9　考核细则

考核要点	满分	得分	备注
1. 确认客人身份	10		
2. 填写寄存单	10		
3. 打开保险箱	10		
4. 让客人放物	10		
5. 保管好钥匙	10		
6. 中途开箱	20		
7. 客人退箱	20		
8. 综合表现	10		
总　分	100		

实训项目三 外币兑换服务

实训目的

了解主要国家货币英文符号

掌握外币兑换服务基本流程；

提高外币兑换安全意识。

实训时间

2 学时

实训地点

模拟实训室

实训方式

图片、视频引入；

教师说明实训要求、讲解相关知识及流程示范；

学生分组讨论、情景模拟与教师观察、监督相结合；

师生共同进行案例研讨。

知识储备 （见表 5-10）

表 5-10 主要国家或地区货币英文符号

货币名称	英文符号	货币名称	英文符号	货币名称	英文符号	货币名称	英文符号
港币	HKD	泰铢	THB	新西兰元	NZD	菲律宾比索	PHP
韩国元	KRW	澳大利亚元	AUD	俄罗斯卢布	SUR	新加坡元	SGD
加拿大元	CAD	美元	USD	印尼盾	IDR	马来西亚林吉特	MYR
人民币	RMB	英镑	GBP	日元	JPY	瑞士法郎	CHF
欧元	EUR	奥地利、比利时、法国、德国、芬兰、荷兰、卢森堡、爱尔兰、意大利、葡萄牙和西班牙等 11 国都使用欧元 EUR 作为货币						

》》项目流程（见表5-11）

表5-11 外币兑换服务流程

工作流程	操 作 标 准
1. 准备工作	(1)根据每天中国人民银行公布的外汇牌价及时更改酒店的外汇牌价表 (2)领用当天所使用的兑换水单,检查是否连号,是否有短号现象,并办理领用手续 (3)领用并配备大小面值的兑换备用金。每班次领用的兑换备用金必须齐备,严禁出现打借条现象并办理出库手续
2. 迎接客人	(1)热情迎接,主动问好 (2)弄清宾客的兑换要求 (3)确认客人需要兑换的外币是否为酒店可接受的种类
3. 唱收验钞	(1)唱收客人需兑换的外币及其金额 (2)使用货币识别机鉴别钞票真伪,并检查其是否属现行可兑换的外币 (3)所收外币须完整、无破损、无裂纹,不准有乱涂乱画和胶带、纸带粘贴的痕迹
4. 验客证件	(1)检查客人是否为本酒店住客,非住店客人原则上不予兑换外币 (2)就餐或其他消费的客人,只兑换相当于消费额的外币 (3)请客人出示护照,留下住址
5. 填表唱付	(1)按当日外汇牌价准确的换算并填写水单 (2)逐项核对,并请客人签名确认客人房间号、姓名、外币名称、金额、兑换率及应兑金额 (3)兑换水单须严格控制,认真填写,写错须作废,重写 (4)确保无误后,将兑换的款额唱付给客人
6. 道别存档	(1)确认客人无其他需求后礼貌道别 (2)做好相应记录并存档
备注	(1)严禁私自兑换外币,不得挪用备用金或将备用金借给他人 (2)交接日志、牌价本、水单、兑换率等重要财务物品须加锁管理

情景示范

格林先生 Green（G）　　　　　　收银员 Cashier（C）

情景：格林先生朝外币兑换台走去,他想把美元兑换成人民币。

Scene：Mr Green is at the foreign exchange counter. He wants to change some US dollars for RMB.

C：下午好,先生,我能为您效劳吗?

Good afternoon，sir. Can I help you?

G：我想兑换一些美元,并想知道今天的兑换率是多少。

I'd like to change some US dollars and I'd like to know today's exchange rate.

C：根据今天的兑换率,每一美元现金折合人民币6.8元。先生,您想兑换多少?

According to today's exchange rate，every US dollar in cash is equivalent to 6.8 yuan，RMB. How much would you like to change，sir?

G：哦,我想兑换100美元。给你钱。

Well，I'll change one hundred and here's the money.

C：请您把这张水单填一下并出示您的护照,好吗?

Would you please fill in this memo and show me your passport?

G：好的。

All right.

C：请在这张单上填上您的名字、护照号码和房间号码。

Please write your name, passport number and room number on the slip.

G：给你。

Here you are.

C：谢谢，马上就好。

Thank you. You'll have it right away.

G：嗯。给我几张一元票面的人民币，好吗？我需要一些零钱。

OK. Will you please give me some one-yuan notes? I need some small change.

C：可以。

All right.

（换了钱）

(Changing the money)

格林先生，给你钱。请点一下，保存好这张水单。

Mr Green, here it is. Please have a check and keep the exchange memo.

G：好的，谢谢。

Oh, yes, thanks.

C：不用谢。祝您愉快！

You are welcome. Have a good time!

项目考核

一、考核说明

总分 100 分，得分在 85 分以上为优，75～84 分为良，60～75 分为中等，60 分以下为差。

二、考核细则（见表 5-12）

表 5-12 考核细则

考 核 要 点	满分	得分	备注
1. 外币兑换准备工作	15		
2. 确认兑换种类	10		
3. 唱收钞票、辨别真伪	20		
4. 检验客人证件、确认兑换数额	15		
5. 填表唱付	15		
6. 安全意识	15		
7. 综合表现	10		
总　　分	100		

模块六　问讯服务

　　在酒店，由于前台是客人接触最多的公共场所，为方便客人问询，问讯处通常设在前台，中小型酒店的问讯处通常与接待处合并。

　　问讯处除了要受理客人的各种询问之外，还要负责客人留言、邮件服务，管理客房钥匙，主动推销酒店其他服务项目等工作。这就要求问讯员必须掌握大量信息、具有耐心和较好的应变能力、普通话标准，谈吐礼貌，能运用一门或一门以上外语进行会话、有良好的团队协作精神，工作踏实、认真负责。

实训项目一　回　答　问　询

实训目的

了解回答问询服务内容；

熟悉回答问询服务的操作流程；

掌握回答问询服务的操作技能；

培养对客服务意识，提高应变能力。

实训时间

2 学时

实训地点

模拟实训室

实训方式

图片、视频引入；

教师说明实训要求、讲解相关知识及流程示范；

学生分组讨论、情景模拟与教师观察、监督相结合；

师生共同进行案例研讨。

知识储备

1. 问讯员工作要求

① 问询员要热情、有耐心。

② 要熟练掌握各种信息材料，尽自己所能答复客人。

③ 实在不能答复的应求助相关部门，满足客人需求。

④ 千万不能对客人说 "NO/Sorry，I don't know！"。

⑤ 坚持保密原则。

2. 常见问询情况

① 有关住客的情况：某客人是否住在本酒店；某客人房间号。

② 有关饭店内部的情况：餐厅、酒吧、商场所在的位置及营业时间；宴会、会议、展览会举办场所及时间；饭店提供的其他服务项目、营业时间及收费标准。

③ 有关饭店外部的情况：饭店所在城市的旅游点及其交通情况；主要娱乐场所、商业区、商业机构、医院、政府部门、大专院校及有关企业的位置、号码

和交通情况；近期内有关大型文艺、体育等活动的基本情况；市内交通情况；国际国内航班、车票等情况。

④ 当天及近期的天气、新闻等情况。

⑤ 各种电话号码查询。

3. 不同类型问询处理方式

① 如果客人问询的是常用信息，问询员须以最快的速度回答，体现饭店工作效率。

② 若客人问询的是非常急用的信息，问询员须请客人稍等，以最快的速度为客人查询，在确认答案正确无误后，再及时告知客人。

③ 如果所查询的问题一时间查不出来，则应请客人留下电话号码，等查清后再主动与客人联系。

④ 如果是查询客人房间的号码，则问询员务必注意为客人保密，不能泄露住客的房号，应先征询住客意见再作处理。

》》 项目流程 （见表 6-1）

表 6-1 回答问询流程

工作流程	操 作 标 准
1. 热情迎接	接待客人询问,应主动问候,热情迎接
2. 仔细聆听	(1)认真倾听客人问题,必要时可请客人重复说明 (2)迅速判断问题类型,做到心中有数
3. 回答问询	(1)针对不同问题做分类处理 (2)回答要及时,不要让客人久等 (3)要有耐心,对客人一时不明白的地方做充分解释说明,直到客人完全理解 (4)答复客人问题后,主动询问是否还有其他需要帮忙的事情,若有继续回答
4. 礼貌道别	确定客人没有需要帮忙的事情后,礼貌道别

情景示范

王先生准备在市内观光，问询员给他提一些建议。

Mr. Wang（W）plan to go around the town. The Information Clerk（C）gives him some suggestions.

C：早上好！

  Good morning!

W：早上好！今天我有一天的时间能出去观光，你能告诉我上海的名胜古迹吗？

  Good morning ! Today I can afford a whole day for sightseeing . Could you tell me some places of historical interest in Shanghai?

C：您以前来过上海吗？

Have you ever been in shanghai before?

W：没有，我是第一次来上海。

No，this is my first trip here.

C：我很乐意建议您去参观上海的主要旅游点豫园和玉佛寺。外宾常去这些地方。

I'm very pleased to suggest that you go to visit the Yu Yuan Garden and the Jade Buddha Temple，the main attractions in shanghai. They are often visited by foreign guests.

W：请问，为什么大家都到那儿去呢？

And why are those places so popular ?

C：因为它们具有典型的中国民族风格。豫园不仅是上海的一颗明珠，而且还被称为"江南第一景"。您能看到美丽的亭台、假山和池塘。也许那些精美的砖雕将给您留下特别深刻的印象。

Because they are of typical Chinese national style，The Yu Yuan Garden is not only the pearl of shanghai，but also called the "No. 1—Vista in East China. " You can see beautiful pavilions，terraces，rockeries and ponds. Perhaps you will particularly be impressed by the fine brick carvings there.

W：好极了，我要多拍些照片。那么，那座寺庙是怎么回事呢？

Good，I'll take some pictures. Then，how about the temple?

C：玉佛寺是中国最有名的寺庙之一。那里有两尊释迦牟尼白玉雕像，它们是一百多年前从缅甸请来的。

The Jade Buddha Temple is one of the famous temples in China. There are two white jade statues of Sakyamuni brought from Burma more than a hundred years ago.

W：啊，太妙了，真是个大饱眼福的好机会啊。

Oh，great！We'll have a good chance to feast our eyes.

C：此外，大雄宝殿的建筑也非常宏伟。

What's more，the construction of the Grand Hall is magnificent.

W：我想我也会喜欢上这座寺庙的建筑的。

I think I'll enjoy the architecture of the temple，too.

W：这两处听上去都值得一游。谢谢。

Both places sound worth visiting. Thank you!

项目考核

一、考核说明

总分 100 分，得分在 85 分以上为优，75～84 分为良，60～75 分为中等，60 分以下为差。

二、考核细则（见表 6-2）

表 6-2　考核细则

考　核　要　点	满分	得分	备注
1. 面带微笑、主动问候、热情迎接	10		
2. 仔细聆听客人问询	10		
3. 及时答复客人,耐心解释	10		
4. 信息掌握和运用的熟练程度	15		
5. 特殊情况处理技巧	15		
6. 保密原则的应用	15		
7. 服务态度和服务意识,纪律性和灵活性,精神面貌和仪容仪表,礼貌用语等综合素养	15		
8. 综合表现	10		
总　　分	100		

实训项目二 提供留言

实训目的

通过该项目的实训，掌握留言内容及步骤，熟悉服务技能，培养对客服务责任感，提高职业素养。

实训时间

2 学时

实训地点

模拟实训室

实训方式

图片、视频引入；

教师说明实训要求、讲解相关知识及流程示范；

学生分组讨论、情景模拟与教师观察、监督相结合；

师生共同进行案例研讨。

知识储备

问讯处受理的留言有两类：访客留言和住客留言。访客留言是指来访客人对住店客人的留言。问讯员在接受该留言时应请访客填写"访客留言单"（见表 6-3）；住客留言是指住店客人对来访客人的留言。问讯员在接受该留言时应请住店客人填写"住客留言单"（见表 6-4）。

表 6-3 访客留言单（Visitors Message）

女士或先生(Ms or Mr)_____	房号(Room No.)_____
当您外出时(When you were out)	
来访客人姓名(Visitor's name)	来访客人电话(Visitor's Tel.)_____
□有电话找您(Telephoned)	□将再来电话(Will call again)
□请回电话(Please call back)	
□来访时您不在(Come to see you)	□将再来看您(Will come again)
留言(Message)_____	
_____	
_____	
经手人(Clerk)_____ 日期(Date)_____ 时间(Time)_____	

表 6-4　**住客留言单**（Guests Message）

日期(Date)_____
至(To)_____　　　　　　房号(Room No.)_____
由(From)_____
我将在(I will be)　　　　　□Inside the hotel(饭店内)
在(At)_____
□Outside The Hotel(饭店外)
在(At)_____
电话(Tel. No)_____
我将于_____回店(I will be back at)_____
留言(Message)_____
经手人(Clerk)_____　　客户签字(Guest signature)_____

>>> 项目流程（见表 6-5）

表 6-5　**访客与住客留言流程**

工作流程	操作标准
访客留言	
1. 查找住客信息	(1)接到访客留言,应迅速通过电脑系统查询住客信息,确定与留言者所提供的姓名、房号等相符 (2)核对客人是否正在住店、是否预抵但尚未登记住店、是否已结账离店 (3)为了对客人负责,对于不能确定被访者是否住在本店、或者已经结账离店的情况,除非客人事先有委托,否则不能接受留言
2. 填写留言单	请访客填写"访客留言单",一式三联
3. 复述、记录	(1)将对方姓名、住店客人姓名、电话号码、留言内容都重复一遍,予以确认 (2)做好电脑留言记录
4. 留言传递	(1)将被访者房间的留言灯打开 (2)将填写好的"访客留言单"第一联放在钥匙留言架内,第二联送电话总机,第三联交行李员送往客房 (3)通过多种途径告知客人留言信息 (4)留言具有时效性,要确保留言传递迅速及时
5. 取消留言	(1)得知客人已获得留言内容时,问讯员或话务员应及时关闭留言灯 (2)同时取消电脑留言
住客留言	
1. 接受住客留言	(1)住店客人离店或离开房间,希望给来访者留言时,问讯员应请客人填写"住客留言单",一式两联。一联留问讯处,一联送电话总机 (2)复述、确认留言内容 (3)做好相关记录
2. 转告来访者	(1)客人来访时,问讯员或话务员应将留言内容转告来访者 (2)对错过有效时间的留言,可将留言单作废(除非留言者有新的通知或事先有声明)
3. 取消留言	得知来访者已经获得留言内容,问讯员或话务员应将留言取消

■■■■ **情景示范** ■■■■

问讯员 Clerk（C），客人 Guest（G）

C：您好，请问有什么需要帮忙的？

G：您好，我想给贵饭店 7012 房间的客人留言。

C：7012 房间的客人，是吗？

G：是的。

C：好的。为了方便我们核实，请您告诉我该房间客人的全名，好吗？

G：好的，是李兰，木子李、兰花的兰。

C：好的，请问您的留言内容是什么？

G：请她收到留言后速与我联系。

C：请问我可以知道您的姓名吗？您需要留下联系方式吗？

G：我姓马，我的电话是 150×××3120。

C：您好马先生，您的留言内容是：请 7012 房间的李小姐收到留言后速与您联系，您的电话是 150×××3120，对吗？

G：对，谢谢！

C：不客气，很高兴能为您服务。

G：再见。

C：再见。

案例分析

山本的房间号码

一天，有两位先生来到饭店总台，要求协助查找一位叫山本的日本客人是否在此下榻，并想尽快见到他。总台接待员立即进行查询，发现果然有位叫山本的日本先生。接待员于是接通客人的房间电话，但很长时间没有应答。接待员便和蔼地告诉来访客人，确有这位先生住宿本酒店，但此刻不在房间，也没有他的留言，请来访者在大堂休息等候或另行约定。

这两位来访者对接待员的答复不太满意并一再说明他们与山本先生是相识多年的朋友，要求总台接待员告诉他的房间号码。总台接待员和颜悦色地向他们解释："为了住店客人安全，本店立有规定，在未征得住店客人同意时，不得将房间号码告诉他人。两位先生远道而来，正巧山本先生不在房间，建议您可以在总台给他留个便条，或随时与饭店总台联系，我们乐意随时为您服务。"

来访客人听了接待员这一席话，便写了一封信留下来。晚上，山本先生回到饭店，总台接待员将来访者留下的信交给他，并说明为安全起见，总台没有将房号告诉来访者，敬请先生原谅。山本先生当即表示理解，并认为这条规定有助于维护住店客人的利益，值得赞赏。

（案例来源：曹红，方宁. 前厅客房服务实训教程. 北京：旅游教育出版社，2009.)

分析：

"为住店客人保密"时饭店的原则，关键在于要处理得当，这位接待员始终礼貌待客，耐心向来访者解释，并及时提出合理建议。由于解释中肯，态度和蔼，使来访者提不出异议，倒对这家饭店严格的管理留下深刻的印象。从这个意义上讲，维护住店客人的切身利益，以安全为重，使客人放心，这正是饭店的一种无形的特殊服务。

项目考核

一、考核说明

总分 100 分，得分在 85 分以上为优，75～84 分为良，60～75 分为中等，60分以下为差。

二、考核细则（见表6-6）

表6-6 考核细则

考 核 要 点	满分	得分	备注
1. 分清留言类型,确定能否受理	15		
2. 留言单填写	15		
3. 复述留言内容并记录	10		
4. 传递留言	15		
5. 取消留言	10		
6. 服务态度和服务意识,纪律性和灵活性,精神面貌和仪容仪表,礼貌用语等综合素养	25		
7. 综合表现	10		
总　　分	100		

实训项目三　邮件服务

实训目的

掌握提供邮件服务的有关知识、技能和流程；

培养服务意识，提高职业素养。

实训时间

2 学时

实训地点

模拟实训室

实训方式

图片、视频引入；

教师说明实训要求、讲解相关知识及流程示范；

学生分组讨论、情景模拟与教师观察、监督相结合；

师生共同进行案例研讨。

知识储备

一、邮件的含义

① 邮件（Mail），是指经传递方式处理的文件。

② 与邮件相关的概念还有邮政和邮递：从事邮递服务的机构或系统，统称邮政；邮件进行传递的过程称为邮递。

③ 邮件的传递依靠邮政网路。它是由邮局和邮路组成。中国邮政网路已发展成以北京为中心、以铁路运输为重点、以汽车运输为辅助、联合全国广大城乡的水陆空邮政的运输网。

④ E 时代的到来，邮件更是在网络生活中扮演不可缺少的角色。网络邮件（E-mail）收发频率远大于现在的邮递员送信。节约了很多成本，方便许多。

二、邮件的种类

邮件分国际邮件和国内邮件两大类。

（一）国际邮件分类

国际邮件分为国际函件和国际包裹两类。

（1）国际函件　国际函件包括信函、明信片、印刷品、盲人读物和小包 5 种。

（2）国际包裹　国际包裹分为普通包裹、脆弱包裹、保价包裹和过大包裹4种。

（二）国内邮件分类

1. 按内容性质分为：函件和包件

（1）函件　函件又分为信函、明信片、印刷品和盲人读物4种。

（2）包件　包件分为包裹和快递小包

2. 按处理时限分为：普通邮件、邮政快件和特快专递邮件

（1）普通邮件　普通邮件是按一般时限规定传递处理的邮件。即时限性不强的一般性的邮件可按普通邮件交寄。

（2）邮政快件　邮政快件是一种优先处理，具有明确的时限要求，限时到达的邮件。即具有一定时限性的邮件可按邮政快件交寄。

（3）特快专递邮件　特快专递邮件是以最快速度传递并通过专门组织的收寄、处理、运输和投递的邮件，实行门对门、桌对桌的服务。即具有较强时限性的邮件可按特快专递邮件交寄。

3. 按处理手续分为：平常邮件和给据邮件

（1）平常邮件　平常邮件指邮局收寄时不给出收据，处理时不登记，投递时不要求收件人签收，也不办理查询。

（2）给据邮件　给据邮件指邮局收寄时给出收据，内部处理时进行登记，投递时要求收件人签收，可以办理查询，因此较重要的邮件请按给据邮件交寄；给据邮件包括挂号函件、保价函件、包裹、邮政快件和特快专递邮件。

4. 按邮局赔偿责任分为：保价邮件和非保价邮件

（1）保价邮件　保价邮件是用户按照规定办理保价手续并交纳保价费的给据邮件。保价邮件每件最高的保价限额为50000元，保价费是按保价额的1‰计算收取的，每件最低收取保价费1.00元。邮件发生丢失、损毁时，保价邮件邮局承担按照保价额赔偿的责任。

（2）非保价邮件　非保价邮件是用户没有办理保价业务的邮件。非保价给据邮件按照邮电部规定的限额赔偿；平常邮件不承担赔偿责任。

三、特殊邮件处理

① 若在住客中找不到收件人，问讯员须查阅当日抵店宾客名单和未来几天的预订单或预订记录簿，查看宾客是否即将抵店。如果是，则在该邮件、信函正面注明宾客抵店日期，然后妥善存放在专用的信箱内，待宾客入住时转交宾客。

② 若仍查找不到收件人，问讯员应该核对"离店宾客名单"和"邮件转寄单"，如果确认宾客已离店，则应该按照客史档案卡上的资料信息或转寄要求将邮件、信函转发给宾客。

③ 若再查不到收件人，问讯员应将邮件按收件人姓名字母顺序排列存放在

信箱内。此后两星期内，每天每班指定一名问讯员在当日住客名单及预订抵店宾客名单中继续查找，直到找到为止。若两周内仍查找不到，则将该邮件、信函退邮局处理。

④ 对于挂号类、快递、电报类的邮件，问讯员应尽快转交宾客。按上面程序仔细查找收件人，若找不到收件人，不宜将邮件在饭店保存过久，可考虑在四五天后退回原发出单位。

⑤ 对于错投类邮件、信函，问讯员应在邮件上贴好退批条，说明原因，集中由邮递员取走。若属挂号或快递类错投，应尽量在接收时确认该邮件收件人不是本店住客而拒收。若当时不能做出决定，则应向邮递员声明，暂时代收，并请其在投递记录栏内注明，然后按上述规定程序处理。

⑥ 对于"死信"的处理，问讯员应退回邮局处理或按规定由相关人员用碎纸机销毁，任何人不得私拆"死信"。

⑦ 对于手送类邮件的处理，问讯员应首先在专门的登记簿上作记录，内容包括递信人姓名、地址、送来何物及收件人房号、姓名等，并在宾客来取时请其签字。问讯员原则上不应转交极其贵重的物品或现金，此类物品最好由送物者本人亲自转交当事人。

>>> 项目流程（见表6-7）

表6-7 邮件服务流程

工作流程	操作标准
1. 接收邮件	(1)礼貌接收邮件 (2)用打时机记录接收的日期和时间
2. 邮件分类	(1)将收到的邮件分类 (2)如有特殊邮件,应及时登记和处理
3. 查找客人	查找客人房号,并用铅笔标明
4. 分发邮件	(1)电话通知客人取信,然后将信放在钥匙架内 (2)如客人要求送到房间,可由行李员送上
5. 存档	(1)对邮件处理情况做详细记录、存档 (2)特别注意没有完成邮件服务的交接处理

━━━ 情景示范 ━━━

王先生拿着一封信来到问讯处

Mr. Wang（W）is at the Information Desk with a letter in his hand.

问询员：Information Clerk（C）

C：先生，下午好！

　　Good afternoon, sir.

W：下午好。你能为我寄封信吗？

　　Good afternoon. Could you mail a letter for me please ?

C：好的，你贴邮票了吗？

　　Yes , sir . Have you stuck on the stamps yet ?

W：没有。我需要买一些邮票。

　　No. I need to buy some.

C：（看了看信封）是寄往旧金山的吗？

　　(Looking at the envelope) Is it to San Francisco ?

W：是的。

　　Yes, it is .

C：您想怎样寄这封信？

　　How would you like it to be mailed ?

W：寄普通航空信吧。

　　Just by ordinary airmail.

C：我能不能把您的信称一下？

　　May I have your letter weighed ?

W：当然可以，给你。

　　Yes, of course. Here you are.

C：（称信）超重了，请付 10 元钱。

　　(Weighing the letter on the scales) It's overweight. Ten yuan, please.

W：谢谢，给你钱。（递钱）

　　Thank you. Here it is. (Giving the money)

C：给您邮票。请把它们贴在信封正面。

　　Here are your stamps . Please stick them on the front of the envelope.

W：行。还有一件事，我想发一封电子邮件到纽约，你能帮忙办一下吗？

　　All right . One more thing , I'd like send an E-mail to New York . Can you arrange it for me?

C：当然，请到商务中心去，那儿有这项服务。

　　Oh, yes, sir. Would you please go to the Business Center , where such service is provided.

W：那好，我就去那儿，谢谢你告诉我。

　　Well, I'll be going there . Thank you for the information.

C：不用谢。

　　You are welcome.

项目考核

一、考核说明

总分 100 分，得分在 85 分以上为优，75～84 分为良，60～75 分为中等，60

分以下为差。

二、考核细则（见表 6-8）

表 6-8　考核细则

考核要点	满分	得分	备注
1. 邮件基本知识	10		
2. 邮件服务流程	20		
3. 特殊邮件处理	20		
4. 耐心、细心	20		
5. 工作的责任感	20		
6. 综合表现	10		
总分	100		

模块七 总 机 服 务

一、总机服务项目（见图 7-1）

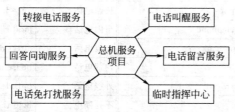

图 7-1 总机服务项目

二、总机服务职责

1. 话务员基本素质

① 态度礼貌热情、和蔼可亲，微笑、主动、细致、周到服务。

② 语言表达能力较强，声音清晰、柔和、甜美；普通话标准、外语熟练，能熟练运用本专业服务用语。

③ 计算机操作和打字技术熟练；反应灵敏，记忆力强。

④ 沟通能力强，掌握饭店服务、旅游景区景点及餐饮娱乐等知识和信息。

⑤ 心态成熟，紧张有序；遇事沉着冷静，坚守岗位。

⑥ 爱护设备，严守机密。

⑦ 交接班工作清楚，并有交接记录。

2. 总机房内纪律要求

① 机房有专人维修保养，并作相应维修记录。

② 设施设备完好无损，发生故障及时报修。

③ 有灭火装置且完好有效，话务员掌握操作方法。

④ 有应急照明灯、手电筒等器具，以备急用。

⑤ 环境整洁，话务台不放茶具和潮湿、油腻物品。

⑥ 确保客人通讯安全，严禁窃听他人电话；严格遵守"机房重地，闲人免进"的规定，禁止在机房内会客。

三、总机服务用语（见表 7-1）

表 7-1 总机服务用语

中文	英文	中文	英文
接线生	operator	国内长途台	long distance, domestic
火警热线	fire hot line	国际长途台	long distance, international

续表

中文	英文	中文	英文
匪警热线	Police hot line	旅游投诉热线	hotline for tourist complaints
急救	first aid/emergency call	国内电话	domestic call
救护车	ambulance	国内长途	DDD；direct distance dialing
公安局	public security	国际电话	overseas call
查号	directory assistant	国际长途	IDD；international distance dialing
报时	time inquire	长途电话	long distance call
公用电话	public telephone	市内电话	local call
电话簿	telephone book	直拨电话	direct dial call
区域号码	area code	内部电话	house phone
信用卡电话	credit card call	外线电话	outside call
投币电话	coin call	不挂断电话	hold the line
电话总机	switchboard	叫号电话	station to station call
问询	information	叫人电话	person to person call
天气预报	weather report	对方付费电话	collect call

四、相关表格（见表 7-2，表 7-3）

表 7-2　总机工作日志

当班人员：　　　　　　　　　　　　工作时间：年　月　日　时　分

	转接电话服务	叫醒服务	留言服务	电话免打扰服务	其他服务
客人姓名					
房间号					
共有任务数					
已完成任务数					
服务时间					
备注					

表 7-3　话务员交接班登记表

接线员姓名		日期		班次	
已完成事项	1. 2. 3.	办理时间		1. 2. 3.	
待办事项	1. 2. 3.	办理时间		1. 2. 3.	
备注					
交班人员			接班人员		

实训项目一 转 接 电 话

实训目的

了解转接电话服务的内容；

熟悉转接电话服务的操作流程；

掌握转接电话服务的操作技能；

培养对客服务意识，提高职业素养。

实训时间

2 学时

实训地点

模拟实训室

实训方式

图片、视频引入；

教师说明实训要求、讲解相关知识及流程示范；

学生分组讨论、情景模拟与教师观察、监督相结合；

师生共同进行案例研讨。

》》项目流程

一、转接电话服务操作流程图（见图 7-2）

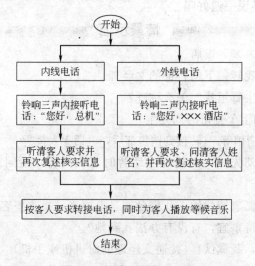

图 7-2 转接电话服务流程

二、注意事项

（1）若遇线路忙时 若遇线路忙时，要使用保留键，并请对方稍候；同时快速准确地处理手头上的电话。

（2）若来电客人要求转接客房电话 若来电客人要求转接客房电话应先查询被找客人姓名、房号等信息，确定与登记客人相符、并征得住客同意后再转接。

（3）若转接的电话占线 若转接的电话占线，要向客人表达歉意，并请客人稍后再打来；

（4）若对方无人接听 若对方无人接听，要先向客人表达歉意，再问客人是否需要留言或稍后再打。

（5）其他注意事项

① 接听外线电话。三声内接起，用中英文双语问候："Good morning，××hotel. May I help you？"，"您好，××大酒店！"。当对方没有回答时，重复一遍问候。

② 接内线分机电话。三声内接起，自报家门"您好，总机"当对方没有回答时，重复一遍"您好，请问有什么需要帮忙的"，如无应答挂断，然后再打此分机电话，确认是否出现故障。

③ 接客房电话。三声内接起，第一遍用中文"您好，总机"，如无应答重复一遍"您好，总机，有什么可以帮您吗？"如仍无应答而今天有外宾入住的，应用英文："Good morning，operator. May I help you？"如仍无应答通知客房中心，查看该房间的电话是否出现故障。

④ 转电话入内部分机。请客人稍等，迅速接通相应的内部分机，退出，必要时复述一下分机号码或请对方重复一下分机号或部门名称："对不起，请您重复一遍好吗/请您再说一遍好吗？"

■ 情景示范 ■

总机：您好，×××饭店。

客人：麻烦帮我转一下销售部的文经理。

总机：请问先生哪里找？怎么称呼？

客人：我是厦门 A 公司的刘先生。

总机：好的，请稍等。（转接到销售部后，电话无人接听——铃响五次后接回）

总机：您好！刘先生，文经理电话暂时无人接听，请问您是稍后再拨还是
　　　留言？

客人：我有重要事情找她，我们公司马上要来一批重要客人，我需要她安排
　　　一些接待事宜，有没有办法找到她？

总机：您稍等，我试试！（接通文经理的对讲机或手机）

　　　您好！总机！文经理，有位厦门 A 公司的刘先生有业务找你，请问

现在转接过来吗？

文经理：好吧，请接过来。（电话接回）

总机：刘先生，您好，文经理找到了，我马上给您转接过去。

客人：太好了，谢谢你。（转接电话）

项目考核

一、考核说明

总分 100 分，得分在 85 分以上为优，75~84 分为良，60~75 分为中等，60 分以下为差。

二、考核细则（见表7-4）

表 7-4 考核细则

考核要点	满分	得分	备注
1. 铃响三声之内接听电话	5		
2. 中英文问候、报酒店名/总机	15		
3. 认真倾听，核实信息	10		
4. 保密操作	10		
5. 转接电话，占线处理，无人应接处理	15		
6. 其他特殊情况的灵活性处理	10		
7. 服务态度和服务意识，纪律性和灵活性，精神面貌和仪容仪表，礼貌用语等综合素养	25		
8. 综合表现	10		
总分	100		

实训项目二　电话叫醒

实训目的

了解电话叫醒服务的内容；
熟悉电话叫醒服务的操作流程；
掌握电话叫醒服务的操作技能；
培养对客服务意识，提高职业素养。

实训时间

2 学时

实训地点

模拟实训室

实训方式

图片、视频引入；
教师说明实训要求、讲解相关知识及流程示范；
学生分组讨论、情景模拟与教师观察、监督相结合；
师生共同进行案例研讨。

>>> 项目流程

一、电话叫醒服务操作流程图（见图 7-3）

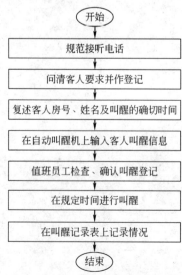

图 7-3　电话叫醒服务操作流程

二、注意事项

① 对 VIP 客人的叫醒服务，实行人工叫醒，用亲切和蔼的语气与客人说话。并称呼客人姓名，告诉客人这是叫醒电话，并告知今天的天气、气温情况，祝客人愉快。

② 当叫醒时间到时，话务员应检查每个记录是否成功，通常叫醒系统会自动通过叫醒电话对有关房间进行叫醒服务，若客人拿起电话便能听到从叫醒机发出的预先录制好的问候语，这样则叫醒成功，系统则自动做记录并打印出结果。

③ 叫醒不成功的处理（见图 7-4）。当叫醒电话无人应答、电话占线及挂起，无法进行叫醒时，一分钟后系统会自动再叫醒一次。若仍然不成功，系统会自动给出警告信号，并打印出 "FAILED"/"NO ANSWER" 的房间号和时间。

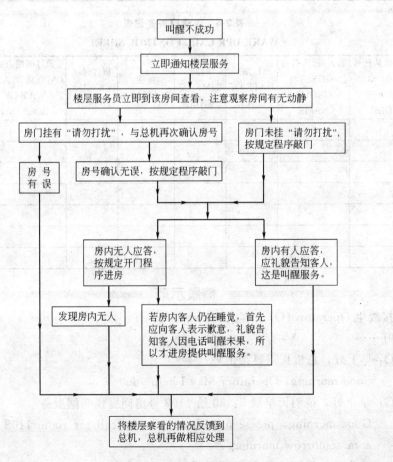

图 7-4　叫醒不成功的处理流程

三、相关表格（见表 7-5，表 7-6）

表 7-5 住客叫醒服务表

日期 _____ 团队名称 _____

_____ 先生
女士
小姐

房号 _____ 预订叫醒时间 _____ 领队签字 _____
前台通知叫醒时间 _____
完成叫醒时间 _____

送单责任人 _____ 输入叫醒时间责任人 _____ 工号 _____
输入检查责任人 _____ 工号 _____
输入时间 _____
前台部经理签名 _____

表 7-6 叫醒服务登记表

WAKE-UPR CALL CONTROL SHEET

序号/团队代号 ROOM NO/ GROUP CODE	客人/团队名称 GUEST/ GROUP NAME	日期 DATE OF CALL	时间 TIME OF CALL	备注 REMARKS	预订时间 BOOKING TIME	预订叫醒方式 (A:电脑 B:人工) WAY OF BOOKING	经办人 CLERK

情景示范

接线生 Operator（O），客人 Guest（G）

叮……

O：早上好，总机！需要帮忙吗？

Good morning, Operator, May I help you?

G：早上好，请明天早晨 5：30 给 1108 号房间提供叫醒服务

Good morning, please provide a wake-up call for room 1108 at 5：30 a. m. tomorrow morning.

O：王先生，您要求我们在明天早晨 5：30 给 1108 号房间提供叫醒服务，您看对吗？

Mr. Wang，your wake-up time is 5：30a. m. tomorrow morning，your room number is 1108，is that right?

G：是的。

Yes．

O：好的。

Ok.

G：谢谢。

Thanks.

O：乐意效劳。

It's a pleasure.

O：早上好，王先生，这是为您提供的叫醒服务，现在是早上5：30。今天的天气晴朗，气温20℃，祝您愉快!

Good morning，Mr. Wang．This is your Morning call．It is 5：30 a. m. Today is sunny．The temperature is 20 centigrade．We wish you have a nice day!

案例分析

案例一

"叫醒"是2点还是14点

住在806房的郑先生睡得正香，突然被一阵电话铃声吵醒。他打开灯看一下手表，时针指向午夜2点。

谁在这个时候打来电话呢? 刚醒过来的他，头昏脑涨，真不想接电话，但又担心家里有急事找他，只好拿起话筒："您好，哪一位?"没有人回应，听到的只是轻音乐。

"喂，说话呀"，郑先生似乎清醒了大半，说话声音也清晰了许多。然而，话筒里仍然是慢悠悠的音乐。郑先生根据出差住酒店的经验突然悟出那是"叫醒"音乐。但转而一想：不对呀! 我没有要求总机在这个时候叫醒我呀。于是，他拨通总机欲问究竟。

总机小姐回答道："我这里记录的是您要求2点叫醒的，没错。"

郑先生问："我什么时候要求的?"

"是今天中午，不，是昨天中午12点15分要求的"，总机回答。

这时郑先生才完全明白了是怎么一回事。原来，昨天中午郑先生打算下午2点30分到当地一家公司洽谈业务，于是向总机要求2点叫醒。郑先生是位做事小心的人，怕总机把这事忘了，于是将自己的手机也作了叫醒设置。现在他才回想起来，中午2点的时候是自己手机叫醒了他，而酒店的总机并没有叫醒。同时，他明白刚才铃响的原因：是当时总机把他说的2点（实则是下午2点）当成早上2点而输入电脑，于是才有凌晨2点的电话铃声。

郑先生想到这里，不禁失笑。他本还想向总机小姐解释这其中的原委，但因刚才被电话铃声惊醒，头还是昏昏沉沉，不想多说话。当总机小姐在电话那头追问有什么问题时，他只是说"你当时应当问清楚是下午2点还是凌晨2点，好了，不说了"，又继续睡他的觉了。

真不知郑先生接下来是否睡的还踏实？

（案例来源：陈文生．酒店经营管理案例精选．北京：旅游教育出版社，2007．）

分析：

本案例的失误主要原因在于话务员没有复述确认叫醒时间是下午2点还是凌晨2点。叫醒服务本是平常事，但因叫醒时间不准，就会酿成事故，客人轻则生气，重则要求赔偿损失。所以服务员要小心谨慎，严格按照流程进行服务。

案例二

我肯定赶不上飞机了

一天早晨7:00时，上海某饭店大堂黄副经理接到住在806房间的孔先生的投诉电话："你们饭店怎么搞的，我要求叫醒服务，可是到了时间，你们却不叫醒我，我肯定赶不上飞机了！"黄副经理马上关切地询问说："孔先生，请先别急，现在我们当务之急是想办法看您是否还能赶得上飞机，请告诉我，您是几点的飞机？"孔先生说："怎么可能赶得上呢？8:00的飞机，最迟要坐7:00的机场班车，现在都已经不可能了！你们饭店是有责任的！我要求你们赔偿我的损失！"黄副理看了一下时间，7:05了，班车确实赶不上了，但是派车送孔先生去机场只需要半个小时，于是说："孔先生，您先别急，如果饭店派车送您去机场，应该还能赶上飞机，您可以在5分钟以后到大堂吗？需要我们派人帮您提供行李服务吗？""真的吗？行李不多，我马上下来！"黄副理一面派人着手查询当日806房间的叫醒情况，一面通知收银台迅速做好结账准备，并马上着手安排饭店专车送孔先生去机场。调查结果显示：记录上确有早晨6:30叫醒服务要求。根据叫醒记录和总机话务员回忆，6:30时确实为806房客人提供过叫醒服务，当时客人曾答应过。

黄副理在大堂恭候孔先生："孔先生，您好！我是大堂副理小黄，车已经安排好了，请您先签字结账。"收银员快速为孔先生办理好了结账手续，黄副理接着送客人上了饭店安排的专车，在车上把了解的情况向客人作了解释。客人在7:45分到达机场，黄副理为客人办理好了登机手续。黄副理的真诚及饭店的处理方法，给客人留下了非常好的印象。客人不仅全额支付了专车送机服务的费用，还一再向饭店表示歉意，并成为饭店最真诚的顾客。

（案例来源：曹红，方宁．前厅客房服务实训教程．北京：旅游教育出版社，2009．）

分析：

① 叫醒服务投诉处理最重要的原则是：设法帮助客人解决问题、避免损失！大堂黄副理在接受投诉时不与客人争论是非，而是快速有效地帮助客人赶上了飞机，表现了饭店的服务意识。

② 当客人要求赔偿时，在没有掌握事情真相前黄副理没有与客人理论是否赔偿。

③ 黄副理处理投诉时高效率的过程、完美的结果，直接为饭店争取了一位真诚的客人。

项目考核

一、考核说明

总分 100 分，得分在 85 分以上为优，75～84 分为良，60～75 分为中等，60 分以下为差。

二、考核细则（表 7-7）

表 7-7　考核细则

考核要点	满分	得分	备注
1. 接电话,问候,报总机	15		
2. 问清客人要求,记录	10		
3. 复述	5		
4. 规定时间叫醒	5		
5. 无应答情况的处理	20		
6. VIP 人工叫醒	10		
7. 服务态度和服务意识,纪律性和灵活性,精神面貌和仪容仪表,礼貌用语等综合素养	25		
8. 综合表现	10		
总分	100		

实训项目三　电话免打扰

实训目的

了解电话免打扰服务的内容；

熟悉电话免打扰服务的操作流程；

掌握电话免打扰服务的操作技能；

培养对客服务意识，提高职业素养。

实训时间

2 学时

实训地点

模拟实训室

实训方式

图片、视频引入；

教师说明实训要求、讲解相关知识及流程示范；

学生分组讨论与教师观察、监督相结合；

师生共同进行案例研讨。

知识储备

请勿打扰（DND，Do Not Disturb）服务，是酒店专门为一些在特定时段不想被外界打扰的客人提供的个性化服务项目。客人常常会因为需要充分休息等原因要求 DND 服务，DND 服务通常有三种方式。

一是在房间门外挂 DND 牌子。DND 挂牌通常一面为"请勿打扰"（DO NOT DISTURB），另一面为"请即打扫"（MAKE-UP ROOM IMMEDIATELY）。二是设置 DND 显示灯。客人可以通过打开床头柜上的 DND 按钮，将其房间设置为 DND 状态，同时在房门外一侧的 DND 显示灯就会亮起。三是设置电话免打扰。客人通过拨打总机服务电话，要求酒店将其房间电话锁住，这样别人就无法打进其房间电话。

这三种方式客人可以自由选择其一，也可以同时使用其中两种，或三种方式全部启动。对于 DND 的房间，一定要做好服务，以确保客人不被打扰，同时还要提高警惕，注意观察房内动态，以免发生意外事件。

≫ 项目流程（见表 7-8）

表 7-8　电话免打扰服务流程表

工作流程	操作标准
1. 询问信息	(1)礼貌接听客人来电 (2)仔细询问客人的姓名、房号和具体 DND 服务时间，并作记录 (3)写明接到客人通知的时间
2. 开通 DND	(1)将客人房间的电话锁住并通知其他当班人员 (2)通知接待处于第一时间告知客人的退房时间
3. 来访者服务	在免打扰期间，如来访者要求与住客讲话，话务员应礼貌婉转地建议其留言或待取消 DND 之后再来电话
4. 取消 DND	(1)按规定时间或客人指示时间取消 DND (2)同时在交接本上标明取消记号及时间

案例分析

"请勿打扰"还是"请即打扫"

吴先生赶了一夜的火车，凌晨五点钟才住进酒店，他下午还要参加一个重要的学术研讨会，所以他打算睡到中午再起床，便在房门外把手上挂上了"请勿打扰"牌，然后就赶紧入睡了。睡梦中被突然的开门声惊醒，看了一下时间才早上8点钟，幸亏他把房门反锁了外面的人没能进来，否则不是很尴尬。被惊醒的吴先生很生气："谁啊？"外面传来客房服务员的声音："Housekeeping，您好！客房服务员。对不起，先生，请问现在可以帮您打扫房间吗？"吴先生压住怒火："你没看见挂'请勿打扰'吗？"服务员解释道："很抱歉，先生，您可能把牌子挂反了，我看到的是另一面'请即打扫'……"

分析：

由于"请勿打扰"与"请即打扫"通常被设计在同一张牌子的两侧面，客人在挂牌时不小心就容易弄反，造成类似本案中的事故。

设想酒店方面如果重新设计"请勿打扰"挂牌，把它与"请即打扫"牌分开来做，岂不就能解决频频发生的类似事件？这样做会增加一些成本，但与能够避免客人的不满甚至投诉相比还是值得的，况且还可以在各自挂牌的另一面做酒店产品宣传，增加销售收入。

━━━━━━ **项目考核** ━━━━━━

一、考核说明

总分 100 分，得分在 85 分以上为优，75～84 分为良，60～75 分为中等，60分以下为差。

二、考核细则（见表 7-9）

表 7-9 考核细则

考核要点	满分	得分	备注
1. 礼貌接听客人来电	10		
2. 仔细询问并记录客人信息	15		
3. 写明接到客人通知的时间	10		
4. 开通 DND	20		
5. 通知接待处	5		
6. 免打扰期间的来访者服务	10		
7. 取消 DND	20		
8. 综合表现	10		
总　　分	100		

模块八 商务中心服务

一、商务中心文员服务要求

① 服饰整齐，仪态大方，坚守岗位。

② 客户到来，微笑问候，主动招呼："小姐（先生），您好!""小姐（先生），您有什么事要我帮忙吗?""小姐（先生），您需要提供什么服务?"

③ 按照客人要求，热情而负责地提供高效、准确、优质的电传、传真、打字、快递、翻译等服务项目。做到急件快递，立等可取；上门服务，热情周到。

④ 本着"宾客至上，信誉第一"的宗旨，对客户高度负责，绝对尊重客人的意愿，绝不外泄文件的内容。

⑤ 不利用工作之便以权谋私，不套汇、换汇，维护人格国格。

二、商务中心服务项目（见表 8-1）

表 8-1 商务酒店的商务中心价目表

项目	服务项目 services item		收费 charge	
	中文	英文	中文	英文
1. 文秘服务 secretarial services	英文打字	English typing	50 元/页(A4)	RBM 50/Page(A4)
	中文打字	Chinese typing	50 元/页(A4)	RBM 50/Page(A4)
	表格制作	tabulation	60 元/页(A4)	RBM 60/Page(A4)
	彩色打印	color printing	15 元/页(A4)	RBM 15/Page(A4)
	黑白打印	black and white printing	6 元/页(A4)	RBM 6/Page(A4)
	图片扫描	scanning	10 元/页(A4)	RBM 10/Page(A4)
	装订服务	binding services	30 元/叠	RBM 30/set
	过胶服务	lamination	50 元/页	RBM 50/Page
	翻译服务（英文、日文）	translation services (English、Japanese etc.)	翻译费＋20％服务费	cost＋20％service charge
2. 复印服务 copy services	A4 纸复印	A4 copy	3 元/页	RBM 3/Page
	A3 纸复印	A3 copy	5 元/页	RBM 5/Page
	B5 纸复印	B5 copy	2 元/页	RBM 2/Page
	胶片复印	transparency copy	10 元/页	RBM 10/Page
3. 通信服务 communication services	本地/国际/国内长途电话服务	Local call/IDD/DDD	电话费＋15％服务费	cost＋15％service charge

续表

项目	服务项目 services item		收费 charge	
	中文	英文	中文	英文
3. 通信服务 communication services	传真发送:当地	local outgoing fac-simile	6 元/页	RBM 6/Page
	传真发送:国内及海外	long distance outgo-ing facsimile	10 元/页+话费	RBM 10/Page+cost
	传真接收:住客	in-house guest in-coming facsimile	免费	complimentary
	传真接收:外客	visitor guest incom-ing facsimile	6 元/页	RBM 6/Page
	国际互联网	internet	30 元/小时	RBM 30/hour
4. 票务服务 ticket services	飞机票	air ticket	票价	ticket price
	火车票	train ticket	票价+30 元/张	ticket price + RBM 30/ ticket
	国内/国际速递服务	International or lo-cal courier services	速递费+20%服务费	cost+20%service charge

实训项目一 票 务 服 务

实训目的

了解票务服务的有关内容；

熟悉票务服务的操作流程；

掌握票务服务的操作技能；

培养对客服务意识，提高职业素养。

实训时间

2 学时

实训地点

模拟实训室

实训方式

图片、视频引入；

教师说明实训要求、讲解相关知识及流程示范；

学生分组讨论、情景模拟与教师观察、监督相结合；

师生共同进行案例研讨。

≫ 项目流程及标准（见表 8-2）

表 8-2 票务服务流程表

工作流程	操作标准
1. 热情迎接	主动问候宾客
2. 了解宾客订票需求	礼貌询问宾客的订票需求细节，包括航班、线路、日期、车次、座位选择及其他特殊要求等
3. 查询票源情况	通过电脑进行快捷查询。如遇宾客所期望的航班、车次已无票源时，应向宾客致歉，并作解释，同时应主动征询宾客意见，是否延期或更改航班、车次等
4. 办理订票手续	(1)迅速、仔细检查登记单上的全部项目 (2)礼貌地请宾客出示有效证件、相关证明 (3)注意与登记单内容进行核对
5. 出票与确认	(1)话务员应注意礼貌地请宾客支付所需费用，并仔细清点核收，给客人开好收据 (2)认真填写好机票并及时将占位信息输入电脑 (3)通知客人大概取票时间
6. 礼貌送别	向宾客致谢，目送宾客离去
7. 送票员送票	(1)送票员将票送到商务中心时，仔细核对机票是否与客人预订的相符 (2)认真登记并请送票员签字
8. 客人取票	(1)客人取票时，应收回收据 (2)请客人认真核对机票日期、时间、地点、价格 (3)核实无误后，礼貌道别

■■■ 情景示范 ■■■

票务员 Clerk（C）　　贝罗先生 Mr Bellow（B）

C：早上好。我能为您效劳吗？

Good morning. May I help you?

B：是的。我们想星期六乘飞机去桂林，你能为我订飞机票吗？

Yes，We'd like to fly to Guilin on Saturday. Could you book tickets for me?

C：我们通常提前三天订票。您知道现在是旅游旺季，很抱歉，机票都订完了。

We usually book the tickets three days in advance. Now it's the busy season for travelling，you know. Sorry to say all the tickets are booked up.

B：没票了，真倒霉！但是我……

No tickets! What luck! But I …

C：不知道您是否能考虑改乘火车？

I wonder if you'd consider going there by train instead.

B：好吧，看来我们只能乘火车去了。

Well，it seems we'll have to take the train.

C：您们打算几点钟动身？

What time would you like to leave?

B：可能的话，我们想在清早动身。

In the morning，if possible.

C：您要几张票？

How many tickets do you need?

B：请订两张软卧票。

Two soft berths，please.

C：请稍等，让我打个电话与火车站联系一下。

Just a moment，please. Let me call the station.

（打完电话）

（After the call）

先生，79次特快仍有些余票。早上7点开车。先生，您认为怎么样？

Sir，there're some tickets left on No. 79 special express. It will leave at 7 a.m. . What do you think of it，sir?

B：就这样吧。这么早我们怎么去得了车站？

I'll take it . How can we get to the station so early in the morning?

C：别担心，贝罗先生。我们饭店的定点班车每天早上六时送客人去火车站。我希望你们在桂林玩得愉快。

Don't worry, Mr Bellow. The hotel's shuttle bus takes the guests to the station at 6:00 every morning. I wish you have a wonderful trip in Guilin.

B：谢谢，人们说桂林山水甲天下。说实话，我太太想到那儿去想得要命。

Thank you. People say Guilin leads the world in beautiful scenery. To tell you the truth, my wife has been dying to go there.

项目考核

一、考核说明

总分 100 分，得分在 85 分以上为优，75～84 分为良，60～75 分为中等，60 分以下为差。

二、考核细则（见表 8-3）

表 8-3 考核细则

考核要点	满分	得分	备注
1. 迎接客人、了解订票需求	15		
2. 查询票源情况	15		
3. 办理订票手续	15		
4. 出票与确认	15		
5. 送票员送票	15		
6. 客人取票	15		
7. 综合表现	10		
总　　分	100		

实训项目二　传真服务

实训目的

　　了解传真服务的有关内容；

　　熟悉传真服务的操作流程；

　　掌握传真服务的操作技能；

　　强化保密意识，提高职业素养。

实训时间

　　2 学时

实训地点

　　模拟实训室

实训方式

　　图片、视频引入；

　　教师说明实训要求、讲解相关知识及流程示范；

　　学生分组讨论、情景模拟与教师观察、监督相结合；

　　师生共同进行案例研讨。

知识储备

　　酒店商务工作的保密纪律如下所示。

　　① 在处理收发传真过程中，对涉及国家党政机关在政治、经济、科技信息、未经发表的新闻等方面的通信内容、通信地址，必须严守机密，不得向他人泄露。

　　② 对接触到的有关酒店营业、客源情况或酒店与外界的通信内容，不得向他人透露。

　　③ 不得把宾客的待发传真放在柜台面等易于被别人看见、容易丢失的地方。收报人姓名、房号、地址必须反复核对。发现有泄密的苗头或现象，应尽力挽救制止，及时汇报，不得隐瞒不报或擅自处理。

　　④ 不私自向外人泄露本室之营业收入情况及工作规程等。

>>> 项目流程及标准（见表8-4）

表8-4　传真服务流程

工作流程	操作标准
1. 发送传真	（1）根据客人提供的传真号码核实、识别：国家地区代码、传真号 （2）收费　在进行服务之前告知客人收费标准，及付费方式 （3）传真稿上机　稿文朝下，正面向里，两边夹住，保证1∶1发送 （4）发送　拨打准确，每一页都准确发送 （5）核对发送报告　核对出报报告上的面数及结果 （6）结算　按实际价目向客人收费，或由客人签单后，将账单转前厅收银 （7）递交　将文件和出报报告一起装入信封，双手递交给客人。如客人不在，在信封上注明姓名、房号、日期交给下一班，继续办理
2. 接受传真	（1）取报　进报、报文、报告及时完整 （2）整报　报文按页码排列，核实页数 （3）分报　识别收报人姓名及房号，装入信封 （4）核实　通过计算机查询无姓名、无房号的死报；无房号、无姓名在信封上注明无主收报，存放10天，归档；客人已离店，信封上注明CHECK OUT，日期，在本市可免费转入 （5）进报登记　包括姓名、房号、日期、页数、进报时间、递交时间、收件人签名 （6）递交　电话通知客人来取，或请行李员送到房间 （7）结算　打出账单请客人签字 （8）清整　交班后马上清理积存，为转交的传真进一步再核实姓名、房号

━━━ 情景示范 ━━━

宾客 Guest（G），文员 Clerk（C）

G：我可以传真这份文件吗？

Can I fax this document here?

C：当然可以，先生，请问传真到哪里？

Certainly, sir. Where do you want to fax?

G：北京。

To Beijing.

C：您打算怎样付款，先生？

How would you like to pay for it, sir?

G：可记在我的客房账单内吗？

Could you charge it to my room bill?

C：当然可以，请告诉我您的房间号。

Certainly, sir. Please tell me your room number?

G：5101。

5101.

C：（文件）上面的号码有点模糊，请问是010-82073366吗？

(Gets the document) The number is blurred, sir. Is it 010-82073366?

G：对的。

Yes, that's correct.

C：这是您的传真记录，先生，麻烦您在这里签名好吗？

Here is your fax record，sir. Would you please sign here?

案例分析

细节决定成败

怀特先生拿着那份密密麻麻才整理好的数据单匆忙来到饭店商务中心，还有一刻钟总公司就要拿这些数据与比特公司谈生意。"请马上将这份文件传去美国"，怀特先生一到商务中心就将数据单交给服务员，要求发传真。服务员一见怀特先生的紧张样，拿过传真便往传真机上放，通过熟练的程序，很快将数据单传真过去，而且传真机打出报告单为"OK"！怀特先生直舒一口气，一切搞定。

第二天，商务中心刚开始营业，怀特先生便气冲冲地赶到，开口便嚷："你们饭店是什么传真机，昨天传出的那份文件一片模糊，一个字也看不清。"服务员接过怀特手中的原件，只见传真件上写满了蚂蚁大小的数据，但能看清。而饭店的传真机一直是好的，昨天一连发出 20 多份传真件都没有问题，为什么呢？

（案例来源：曹红，方宁. 前厅客房服务实训教程. 北京：旅游教育出版社，2009.）

分析：

① 对于一些字体小、行间间隔距离太短的文件要求传真时，服务员一定要注意提醒客人，再清晰的传真机也传达不清楚此类的文件。

② 商务中心服务员要对每份将传真的文件大体看一下，如有可能传真不太清楚的，应当首先提醒客人。

③ 建议客人可以采取放大复印再传出的办法来避免传真件模糊不清。

④ 要将传真机调至超清晰的位置，尽量放慢传真的速度，以提高其清晰度。

⑤ 细节决定成败，传真服务要注重细节。

项目考核

一、考核说明

总分 100 分，得分在 85 分以上为优，75～84 分为良，60～75 分为中等，60 分以下为差。

二、考核细则（见表 8-5）

表 8-5　考核细则

考核要点	满分	得分	备注
1. 发送传真	30		
2. 接受传真	30		
3. 责任意识	10		
4. 保密意识	20		
5. 综合表现	10		
总　　分	100		

实训项目三　复印和打印服务

实训目的

熟悉复印、打印服务流程；

掌握复印、打印的操作技能；

培养保密意识，提高职业素养。

实训时间

2 学时

实训地点

模拟实训室

实训方式

图片、视频引入；

教师说明实训要求、讲解相关知识及流程示范；

学生分组讨论、情景模拟与教师观察、监督相结合；

师生共同进行案例研讨。

知识储备 （见表 8-6）

表 8-6　打印登记表
Registration form for printing

房号 Room No. :		姓名 Name：		日期 Date：	
字体 Type of Letter	字号 Size of Letter	字形 Shape of Letter	纸张规格 Size of Paper	语种 Language	取件时间 Time of Picking up
备注 Remarks :		经手人 Taken By :		客人签名 Guest Signature :	

》》》 项目流程及标准（见表 8-7）

表 8-7 复印、打印服务流程表

工作流程	操作标准
1. 复印服务	(1)主动热情地迎接客人,介绍收费标准 (2)接过客人的复印原件,按客人的要求,选择纸张的规格、复印张数及深浅程度 (3)将复印原件在复印平面上定好位置,检查送纸箱纸张是否准备好,按动复印键 (4)需放大或缩小的复印,按比例调整尺寸,查看第一张复印效果,如无问题,即可连续复印 (5)复印完毕,取出复印原件交给客人,如原件是若干张,注意不要将顺序搞乱 (6)问明客人是否要装订文件,替客人装订 (7)为客人开单收费,请客人签字后,将账单转前厅收银 (8)礼貌道别
2. 打印服务	(1)主动、热情地迎接客人,介绍收费标准 (2)接过客人的原稿文件,了解客人要求及特殊格式的安排,浏览原稿,看是否有看不清的地方 (3)告知客人大概完成的时间 (4)文件录入完毕后,必须请客人校对 (5)修改后,再校对一遍 (6)将打好的文件交给客人,根据打字张数,为客人开单收费,请客人签字后,将账单转前厅收银 (7)礼貌道别 (8)做好记录
备注	(1)每个文件都要询问客人是否存盘及保留时间,如不要求保留,则删除该文件 (2)客人多或暂时不能为客人打字时,应有礼貌地向客人解释,若客人不急,告诉客人打好后,会打电话到客房,请客人前来校对

案例分析

"下班"还是"加班"

一天晚上 10:00 多,一位客人匆匆来到商务中心要打印,眼看就要下班了,而客人的打印材料在第二天早晨 8:00 就要急着用……

分析:

作为一名服务员,不仅要有丰富的知识、娴熟的技能,还要有一颗真挚的"爱心"。你要把客人当作你的亲人来看待,设身处地地为他们着想,尽量满足他们一切合理要求,即使自己受点累,只要能够满足客人的需求,也是值得的。

项目考核

一、考核说明

总分 100 分,得分在 85 分以上为优,75~84 分为良,60~75 分为中等,60分以下为差。

二、考核细则（见表 8-8）

表 8-8　考核细则

考核要点	满分	得分	备注
1. 复印服务	20		
2. 打印服务	30		
3. 保密意识	20		
4. 快捷服务	20		
5. 综合表现	10		
总　分	100		

模块九 前厅服务项目综合实训

实训目的

巩固练习已学过的前厅服务项目；

加强与企业的交流合作；

全面掌握前厅部服务技巧；

提高特殊情况处理能力；

培养团队精神。

实训时间

4 学时

实训地点

三星级以上酒店的前厅部

实训方式

1. 专业教师指导，拓展课堂学习内容
2. 学生复习已学服务项目，搜集相关资料
3. 酒店客房部相关人员出题
4. 学生分组进行知识竞答、情景模拟、案例研讨等
5. 企业人员做总结
6. 学生与企业人士做交流
7. 学生做实训报告
8. 专业教师总结实训情况

实训考核

一、考核说明

总分 100 分，得分在 85 分以上为优，75～84 分为良，60～75 分为中等，60 分以下为差。

二、考核细则（见表 9-1）

表 9-1 考核细则

考核要点	满分	得分	备注
1. 知识竞答	10		
2. 情景模拟	10		
3. 案例研讨	10		
4. 团队精神	10		
5. 劳动纪律	10		
6. 实训报告	10		
7. 企业人士总评	20		
8. 专业教师总评	20		
总　分	100		

第二篇　客房部服务实训

模块十　参观酒店客房部

实训目的

感受酒店客房部的工作环境和工作氛围；
了解客房部有关知识和服务流程；
掌握员工服务基本要求；
培养酒店服务专业意识；
为客房部的实训学习做准备。

实训时间

4 课时

实训地点

三星级以上酒店的客房部

实训方式

教师引导、酒店客房部相关管理人员介绍、员工实际操作与学生观察、讨论相结合。

知识储备

一、客房部组织机构（见图 10-1）

二、客房部各岗位业务分工

1. 宾客服务中心（Guest Service Center）

中外合资酒店及由外方管理的酒店通常都设有宾客服务中心。宾客服务中心既是客房部的信息中心，又是对客服务中心，负责统一调度对客服务工作，掌握和控制客房状况，同时负责失物招领，发放客房用品，管理楼层钥匙，并与其他部门进行联络、协调等。

2. 客房楼面（Housekeeping Floor）

客房楼面由各种类型的客房组成，是客人休息的场所。每一层楼都设有供服务员使用的工作间。楼面人员负责全部客房及楼层走廊的清洁卫生，同时还负责客房内用品的替换、设备的简易维修和保养，并为住客和来访客人提供必要的服务。

3. 公共区域（Public Area）

负责酒店各部门办公室、餐厅（不包括厨房）、公共洗手间、衣帽间、大堂、电梯厅、各通道、楼梯、花园和门窗等公共区域的清洁卫生工作。

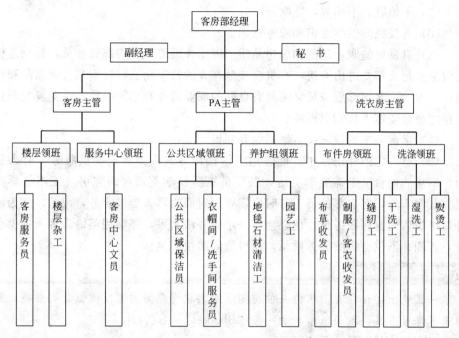

图 10-1　大中型酒店客房部组织机构图

4. 制服与布草房（Linen Room）

负责酒店所有工作人员的制服，以及餐厅和客房所有布草的收发、分类和保管。对有损坏的制服和布草及时进行修补，并储备足够的制服和布草以供周转使用。

5. 洗衣房（Laundry Room）

负责收洗客衣，洗涤员工制服和对客服务的所有布草（布件）。

三、布草房

布草，很多人听起来很新鲜，其实这是香港酒店对酒店床单、被套、枕头等的统称。那么酒店布草房是干什么的呢？布草房是存放和管理制服、床单、被套、枕套、毛巾、浴巾等织物的部门，所以名字中有一个"布"字。为什么还有一个草字呢？大家知道，现在的酒店是从古代的驿站演变过来的，驿站中肯定有一个部门负责管理客人的毛巾、被帐和马匹吃的草料，所以叫布草房。布草房的全称是"制服布草房"。广州的中国大酒店员工最多的时候有 3000 多人，试想如果每人两套制服，就有 6000 多套；酒店如果有 1000 多间客房，每间客房都需要床单、被套、枕套、毛巾、浴衣，全部加起来是一个多么巨大的数字啊！所以如果没有一个部门去管理，结果简直不可想象。

四、客房服务员的素质要求

（1）身体健康，没有腰部疾病。

（2）不怕脏，不怕累，能吃苦耐劳。

（3）有较强的卫生意识和服务意识。

（4）有良好的职业道德和思想品质　因工作需要，客房部服务员，特别是楼层服务员每天都要进出客房，有机会接触客人的行李物品，特别是贵重物品和钱物等。因此，客房部服务员必须具有良好的职业道德和思想品质，以免发生利用工作之便偷盗客人钱物等事件。

（5）掌握基本的设施设备维修保养知识。

（6）有一定的外语水平，能够用英语接待客人，为客人提供服务　有人认为，酒店的前台员工需要学英语，餐厅员工需要学英语，而客房员工不必学英语。其实不然，客房部的员工有时也需要面对面为客人提供服务，因此，作为涉外星级饭店的客房服务员，也必须有一定的外语水平，能够用英语为客人提供服务，否则，不仅会影响服务质量，还可能闹出很多笑话。

请看下面一个案例：

一天晚上，住在某酒店的一位美国老太太觉得房间内温度太低，有些冷，就叫来客房服务员，希望能给她加一条"Blanket"（毛毯）。

"OK，OK！"服务员连声说。

过了一会儿，这位服务员拿了一瓶法国"白兰地"（Brandy）进房来。客人一见，哭笑不得，只好说：

"OK，'白兰地'能解决我一时的温暖问题，可不能解决我一晚上的温暖问题啊！"

……

项目考核

一、考核说明

总分 100 分，得分在 85 分以上为优，75～84 分为良，60～75 分为中等，60分以下为差。

二、考核细则（见表 10-1）

表 10-1　考核细则

考 核 要 点	满分	得分	备注
1. 参观活动期间纪律表现	10		
2. 团队精神	15		
3. 人际交往能力	10		
4. 参观期间积极主动学习情况	10		
5. 客房部工作环境、相关知识掌握情况	15		
6. 员工工作规范	10		
7. 酒店服务意识	15		
8. 综合表现	15		
总　　分	100		

模块十一　客房对客服务

一、客人住店期间的服务项目

1. 客房小酒吧（Mini-bar）服务

在客房内设有小冰箱，为客人提供酒水和简单食品的服务。

2. 房餐服务（Room Service）

指应客人的要求将客人所点之餐饮，送至客房的一种餐饮服务。常见的房内用餐有早餐、便饭、病号饭和夜餐等项目，其中以早餐最为常见。

3. 洗衣服务（Laundry Service）

旅游者离家在外，生活很不方便，再加上每天的旅游和商务活动安排都很紧，而自己的衣服又得勤换洗，自己动手洗衣服费时又费力，因此，饭店一般都向客人提供洗衣服务，且大都设有自己的洗衣房。

4. 托婴服务（Babysitting）

住店客人外出旅游时，带小孩有时会感到很不方便，为了解决这个问题，很多饭店都为住店客人提供托婴服务，客人外出或有商务应酬时，可以把小孩交托给客房部，由客房部委派专人照顾（或由客房女工兼管），并收取适量服务费。

5. 加床、访客接待、擦鞋、钉纽扣和缝补等其他服务

二、客人离店时的服务项目

1. 客人离开楼层前的准备工作

① 确切了解客人离店的日期、时间以及乘坐的交通工具。

② 检查客人有无委托代办事项？有无办妥？该送总台的账款单是否已结清？以免错漏。

③ 如有清早离店的客人，要问清是否要准备早餐？是否需要叫醒？

④ 如客人要求代叫行李员搬运行李，应问清何时搬运以及行李件数，并立即通知前厅行李组做好准备。

2. 客人离开楼层时的送别工作

① 客人出房时，应向客人微笑道别，并提醒客人是否有遗忘物品。

② 为客人按电梯铃，电梯到达楼面，应用手挡住电梯活动门，请客人先进入电梯并协助行李员将行李送入电梯内放好。

③ 当电梯门即将关闭时，要面向客人，微笑鞠躬告别，欢迎客人再次光临并祝旅途愉快。

3. 客人离开楼层后的检查工作

① 客人离开楼层后，应迅速入房仔细检查。

② 如发现客人离房前使用过小酒吧中的酒水，应立即告知结账处，并将酒水单送前台。

③ 同时检查房间物品有无丢失，设施设备有无损坏，如有应立即报告大堂副理，以便及时妥善处理。

④ 如发现客人有遗留物品，应立即追送，如来不及，应按有关程序处理。

⑤ 做好离店客人情况记录，送客房部存档备查。

实训项目一　迷你吧服务

实训目的

了解迷你吧服务相关知识；

掌握迷你吧服务基本流程；

培养对客服务专业技能。

实训时间

2 学时

实训地点

模拟实训室

实训方式

图片、视频引入；

教师说明实训要求、讲解相关知识及流程示范；

学生分组讨论、情景模拟与教师观察、监督相结合；

师生共同进行案例研讨。

知识储备

1. 迷你吧 Mini-bar

迷你吧，又称客房小酒吧，是酒店为了方便客人消费，在客房内安放的小冰箱，里面存放有酒水和一些简单食品。

2. 酒单 Mini bar Voucher（见表 11-1）

酒单是饭店设计的一份记有 Mini-bar 内酒水和食品的种类、数量和价格的清单，要求客人对其所消费的项目进行填写。

为了方便客人填写酒单，通常放置在 Mini-bar 的柜面上，一式三联。第一联作为发票交给客人，第二联交前厅收银处记账并收款，第三联留客房部作补充酒水食品的凭证。

表 11-1　迷你吧酒单

MINI BAR VOUCHER

希望您能尽情享用房内小酒吧内的饮品。为了能够准确地计算您的账目，请您在结账离店时将此单带到前厅收银处。谢谢！

Please feel free to enjoy the facility of your Mini Bar Provided for your convenience. Should you have some drinks on the day of your departure, please hand in your last voucher to the Front Office Cashier at check out time. Thank you.

酒单

存量 Stock	项　目 Item	单价 Price per item	消费(RMB) Consumed	金额(RMB) Amount
1	Remy Martin V. S. O. P 人头马 V. S. O. P	60.00		
1	J B whisky 珍宝威士忌	50.00		
2	Beer 啤酒	20.00		
2	CoCa Cola 可口可乐	15.00		
2	7up 七喜	15.00		
2	Coconut Juice 椰汁	15.00		
2	Mineral Water 矿泉水	15.00		
2	Orange Soda 橙汁汽水	25.00		
2	Lemon Soda 柠檬汽水	25.00		
2	Soda Water 苏打水	25.00		
2	Noodle 方便面	20.00		
1	Potato Chips 薯片	10.00		
1	Pistachios 开心果	15.00		

房间号 Room No：　　　　　　客人签名 Signature：　　　　　　总额 Total：

日期 Date：　　　　时间 Time：　　　　服务员 Attendant：

>>> 项目流程（见表 11-2）

表 11-2　迷你吧服务流程

工作流程	操 作 标 准
1. 每早检查	每天早晨，客房服务员都要检查小酒吧的使用情况 (1)如发现客人使用了小酒吧，就要核对客人填写的酒水耗用单 (2)如客人填写有误，应注明检查时间，待客人回房时，主动向客人说明更正 (3)如客人没有填写，应代客补填并签名和注明时间 (4)如客人结账后使用小酒吧，应礼貌地向客人收取现金，并将酒水单的第一联交给客人，第二联和现金一起交给收银处
2. 及时报账	把客人实际消费项目通知前台收银处，特别是客人结账离店时要及时查看小酒吧消费情况，并报收银处，避免漏账
3. 补充项目	对冰箱中所缺酒水、食品予以补充 (1)在领取和补充小酒吧的酒水和食品时，要注意检查其质量和保质期 (2)按规定品种及数量领取，并按要求规范摆放
4. 定期更新	定期对小酒吧的酒水和食品进行检查和更新，及时撤去快到期的酒水和食品，并根据情况减少消费不多的项目，添加受客人欢迎的项目
注意	团队、会议或其他客人提出不放酒水时，应提前将酒水撤出、锁好，等退房后再补入房间

案例分析

客人没有喝白兰地

客人李小姐结账时，收银员说她消费了一瓶白兰地酒 60 元。李小姐很纳闷，因为她根本就没有饮用。收银员又向楼层服务员核实了一下情况，原来李小姐房间的一瓶白兰地酒瓶口已经打开过了，按照酒店规定，虽然客人没有饮用，但一旦打开封口就算消费，客人就要付费。李小姐还是觉得委屈，认为自己没有享用，只是好奇，打开闻了一下而已，收银员耐心地向她解释说："酒水一旦开封，就没有办法向他人销售了，否则，就是对客人的不尊重，更是对客人的不负责，您想谁会放心饮用已被别人开封过的酒水，希望您能理解。如果您愿意，我可以让楼层服务员将那瓶白兰地酒给您送来，您还可以在旅途中享用，您看怎么样？"经这么一说，李小姐情绪好了许多，便同意了收银员的建议。

分析：

本案例的处理还算顺利，而更多时候是客人无法接受，对此有如下启示。

① 事先应告知客人，或者在酒水单上说明，只要酒水开封便视作消费，防止客人在不知情的情况下感到委屈。

② 类似的事情再次发生，应向本案当中的收银员学习，一定要耐心礼貌地向客人解释，争取客人的理解，如果客人仍不能接受，可以在自己的权限内给客人一定折扣或者请上级领导处理。

③ 楼层服务员查房时要仔细认真，否则很难发现这种情况。

项目考核

一、考核说明

总分 100 分，得分在 85 分以上为优，75～84 分为良，60～75 分为中等，60分以下为差。

二、考核细则（见表 11-3）

表 11-3　考核细则

考 核 要 点	满分	得分	备注
1. 每早检查迷你吧消费情况	20		
2. 及时准确向前台报账	20		
3. 正确补充迷你吧酒水和食品	10		
4. 定期检查、更新迷你吧项目	20		
5. 不需要迷你吧的服务程序	20		
6. 综合表现	10		
总　分	100		

实训项目二　洗衣服务

实训目的

了解洗衣服务相关知识；

掌握洗衣服务基本流程；

培养对客服务的灵活性。

实训时间

2 学时

实训地点

模拟实训室

实训方式

图片、视频引入；

教师说明实训要求、讲解相关知识及流程示范；

学生分组讨论、情景模拟与教师观察、监督相结合；

师生共同进行案例研讨。

知识储备

饭店向客人提供的洗衣服务，根据洗涤方式可分为湿洗（Laundry）、干洗（Dry-Cleaning）和熨烫（Pressing）三种；根据洗涤速度可分为普通洗涤（Regular Service）和加快洗涤（Express Service）两种。通常，普通洗涤在早上 10 点钟以前收取客衣，当晚 7 点钟以前送回，加快洗涤则在收到客衣 3～4 小时内送回，并加收 50% 服务费。洗衣单如表 11-4 所示。

表 11-4　洗衣单

房号 Room Number		姓名 Name	日期 Date		时间 Time		宾客签署 Guest Signature	
数量 count		衣物种类 Laundry	干洗 Dry cleaning		湿洗 Laundry		烫熨 Pressing only	
客人 guest	酒店 hotel		单价 Unit price	金额 Amount	单价 Unit price	金额 Amount	单价 Unit price	金额 Amount
		长袖衬衣 Long shirt						

续表

数量 count		衣物种类 Laundry	干洗 Dry cleaning		湿洗 Laundry		烫熨 Pressing only	
客人 guest	酒店 hotel		单价 Unit price	金额 Amount	单价 Unit price	金额 Amount	单价 Unit price	金额 Amount
		短袖衬衣 Short shirt						
		外衣 Jacket						
		牛仔裤 Jeans						
		西裤 Trousers						
		T恤衫 T shirt						
		运动衫 Sport shirt						
		睡衣 Pajamas						
		短裤 Shorts						
		袜子 Socks						
		内衣 Undershirt						
		内裤 Underpants						
		围巾 Scarf						
		手绢 Handkerchief						
		短裙 Skirt						
		连衣裙 Dress						
		毛衣 Sweater						
基本费用 Basic Charge 附加费 15% Surcharge(15%)								
总计 Grand total								

续表

数量 count		衣物种类 Laundry	干洗 Dry cleaning		湿洗 Laundry		烫熨 Pressing only	
客人 guest	酒店 hotel		单价 Unit price	金额 Amount	单价 Unit price	金额 Amount	单价 Unit price	金额 Amount

备注:

1. 洗衣服务请按分机 62(Dial 62 For Collection)
2. 普通服务 Regular Service   请作标记 PLEASE TICK
    早上 12:00 时前收衣服,当天晚上送回
    Garments Collected Before 12:00a. m. Will Be Returned At Night
    下午 4:00 时后收衣服,第二天中午 12:00 前送回·
    Garments Collected After 4:00p. m. And Returned The Next Day Before 12:00 Noon
3. 快洗服务 Express Service   请作标记 PLEASE TICK
    (收费加 50% Additional Charge)
    四小时内送回洗衣 Garments Returned Within 4 Hours
4. 洗衣送回方式 Garments Will Be Returned By
    □挂在衣柜里 Hanged In Wardrobe
    □折叠 Folded In Bed
5. 其他要求 Other Request
    □缝补 Sewing And Buttoning   □上浆 Shirt Starched   □去污 Stain-removing
6. 任何付托本酒店清洗衣物,在清洗过程中有损坏或损失,须由付托人负责(如衣物洗后缩衣退色或财务遗漏等)。有关衣物数量,除非事前经由本店点收,否则以本店记录为实数。任何有关清洗服务之投诉,须在二十四小时内进行。赔偿丢失或洗坏之衣物不超过洗价的十倍。订价以人民币计算:
    收衣(客衣服务员):_____   送衣(客衣服务员):_____
    时间:_____   时间:_____

≫ 项目流程 (见表 11-5)

表 11-5 洗衣服务流程表

工作流程	操 作 标 准
1. 按时收衣	(1)每早 10 点钟以前到客人房间收取要求洗涤的衣服 (2)若接到客人主动要求洗衣服务的,要及时去领取客衣 (3)收取客衣时,要问清客人要求,检查衣物是否有破损、脱扣、有无严重污渍、口袋内有无钱物等,并当面与客人核实,若客人不在房间,应作相应记录,之后及时向客人说明 (4)未经客人吩咐,未放入洗衣袋内的衣服不能收取
2. 检查洗衣单	(1)收取洗衣时,要检查洗衣袋内是否有洗衣单 (2)检查洗衣单上填写的内容是否完整、规范,是否与实际相符 (3)清点客衣数量并与洗衣单核对,如有出入要注明,并及时向客人说明更正 (4)核实完之后,把客衣装入洗衣袋
3. 送洗衣房	(1)根据客人要求的洗衣类型和规定时间及时把客衣送到洗衣房 (2)如是加快洗涤的要在第一时间通知洗衣房 (3)填写洗衣服务登记表,做好记录
4. 送还客衣	(1)洗衣房送还洗好的客衣时,应按洗衣单逐件清点,以核实房号、数量是否一致 (2)要检查洗涤质量,查看是否有破损、缩衣、褪色等情况 (3)按规定时间把客衣送到客人房间,并请客人验收 (4)如客人不在房间,楼层服务员应和送衣员一起进入客人房间,把衣服送回并放好

案例分析

洗衣单引起的思考

香港　闵惠斯

最近，在某酒店投宿，早餐时，因西装袖口沾上了油污，想送酒店洗衣房洗涤，但仔细看过洗衣单的"说明"后，却打消了原本想洗衣的念头。

洗衣单说明栏注："……如有任何于洗熨过程中损坏或失去纽扣或饰物，本酒店概不负责。"

这条说明分为两个部分，一是"损坏"，二是"失去"。先说"损坏"，据我所知，由于科技的发展，纽扣制作的材料呈多种多样、日新月异的趋势，酒店洗涤人员不是某学科的专家，不可能全部识别它的材料是否能水洗以及是否耐高温，是否会引起其他的化学变化等。所以，在培训中，许多酒店洗涤人员就会被告知：除了多掌握专业知识外，遇到没把握的情况时，采用先剪下来再洗的方法，就不应该存在"损坏"的问题，更不应该损坏后"本酒店概不负责"。至于"失去"纽扣，其实说白了这个"失去"就是"遗失"，酒店等于在说，我丢失了你的纽扣是不赔的！

这家酒店平时的信誉情况我不太清楚，假设我真的"中头彩"，"损坏或失去"纽扣，洗衣契约中已白纸黑字明明白白，找酒店是白搭，接下来就为补齐纽扣而奔波忙碌去吧。

再看洗衣单说明栏注二："任何衣物的丢失损坏，其赔偿将不超过洗熨费的十倍。"

该酒店西装洗涤的收费是每套12元。本人西装极其普通，商店买来也要900元，也就是说，如果酒店丢失了我的衣服，赔偿上限是120元，拿到120元应表示庆幸，但反过来问一问，120元能补偿西装的损失吗？更不要说有些外国客人几千美金的高档西装了。

丢失客人的衣服，赔偿不超过洗衣费的十倍，这一点国外比较流行，我们酒店写上这一条应该说也是符合国际惯例，问题是国外洗衣收费也贵，但洗衣费与赔偿费的差距也没有国内这么大。

洗衣单上这些说明，从表面上看，酒店维护了自己的利益，但客人的利益没有受到充分的保护，于是，我因此而打消了洗衣的念头，是否会有许多人有我这样的心理呢？客人如遇到以上诸"说明"中的一项，虽然只有自认倒霉，但他又会对酒店产生什么样的印象呢？

有些饭店现在推出保价洗涤，即客人可以开出自己衣服的价值，洗衣价也按比例相应上升，这样，客人、酒店利益两不误，各家酒店不妨一试。

（案例来源：刘伟．前台与客房管理．北京：高等教育出版社，2002．）

项目考核

一、考核说明

总分 100 分，得分在 85 分以上为优，75～84 分为良，60～75 分为中等，60 分以下为差。

二、考核细则（见表 11-6）

表 11-6 考核细则

考 核 要 点	满分	得分	备注
1. 收取客人需要送洗的衣服	10		
2. 检查送洗的客衣	10		
3. 洗衣单核对	10		
4. 按时送往洗衣房	10		
5. 有特殊要求的客衣服务	10		
6. 需加快洗涤的客衣服务	20		
7. 送还客衣	20		
8. 综合表现	10		
总　　分	100		

实训项目三　客人遗留物品处理

实训目的

熟悉遗留物品相关表格；
掌握遗留物品处理流程；
培养细节服务意识。

实训时间

2 学时

实训地点

模拟实训室

实训方式

图片、视频引入；
教师说明实训要求、讲解相关知识及流程示范；
学生分组讨论、情景模拟与教师观察、监督相结合；
师生共同进行案例研讨。

知识储备　（见表 11-7，表 11-8）

表 11-7　遗留物品登记单
Lost Articles Control

编号 _____

地点
Location _____

物品特征
Description _____

日期	时间	拾遗者
Date _____	Time _____	Finder _____

以上物品已悉数完好收妥,特签此据
Received items as described above from the hotel in good order.

日期　　　　　　　　签领
Date _____　　　Signature _____

表 11-8　遗留物品登记簿

日期	时间	地点	拾得物品名称及数量	拾交人	编号	保管人	领取日期	领取人	经手人	备注

》》项目流程（见表 11-9）

表 11-9　遗留物品处理流程表

工作流程	操作标准
1. 发现遗留物品	（1）客房部员工在酒店内发现的遗失遗留物品，无论价值大小必须上交宾客服务中心，由其统一保管与处理 （2）楼层服务员在检查或清洁退房时，发现房间有遗留物品应在第一时间通知宾客服务中心，与前厅客人联系交还客人，如客人已走，拿到宾客服务中心登记保管 （3）拾遗人员填写《遗留物品登记单》，写清日期、时间、物品名称（某些物品，如手表的品牌）、数量、特征、房号、拾遗地点，并签名，一联送宾客服务中心备查，另一联随物封存 （4）宾客服务中心做好《遗留物品登记簿》，并每天书面通知大堂副理有关详细情况，以备客人查询
2. 遗留物品的保管	（1）所有遗留物品必须锁在失物储存柜内，存放时要将贵重物品和一般物品分开，贵重物品叫客房部经理签收并保管钥匙，一般物品由宾客服务中心文员保管 （2）宾客服务中心每月 30 日将遗留物品情况汇总报告客房部经理
3. 遗留物品的分类与处理	（1）贵重物品包括珠宝饰物、相机、手机及电池、手表、信用卡或支票、现金、护照、身份证、工作证、估计在 100 元人民币以上的物品等，由客房部经理负责保管，并通知前厅部经理查询客人资料，由前厅部负责通知客人来认领或邮寄，如超过半年无人认领，由客房部经理上报移交至保安部处理 （2）一般物品包括眼镜、钥匙、日常用品、衣物、药物、估计在 100 元人民币以下的物品等，一般物品保存期限为 3 个月，如无人认领，由客房部经理审批移交至保安部处理
4. 遗留物品的认领	（1）大堂副理或前厅有关人员通知宾客服务中心，客人亲自或委托他人来店认领时，宾客服务中心文员请客人详细说明入住时间、遗失地点、遗失物品特征，出示有效证件（身份证、护照、军官证），并在《遗留物品登记单》上签收，还需留下客人的身份证号码及联系地址 （2）客人通过任何形式认领物品，但客房部经过核查并没有发现该项物品时，都须给客人一个明确的答复，必要时请大堂副理协助。宾客服务中心文员也应详细记录客人入住时间、遗失地点、遗失物品特征，并查找当事人备案（对三次以上客人查找遗留物品未找到，而发生在同一名员工身上的，管理人员要引起警觉） （3）店内捡拾的物品在宾客服务中心登记后，由宾客服务中心文员统一交保安部处理

案例分析

客人要取遗留物品

1998 年夏的某天下午，上海某旅游研究机构的刘先生与一位同事因组织一个全国性会议，入住山西太原一家大酒店的 508 房间。由于代表报到踊跃，报名人数一再突破，使本已排满的客房压力骤增，于是几位会务人员决定采取"紧缩政策"，连夜搬出各自的标准房间，挤进一间套房凑合。由于那晚刘先生搬迁匆忙，把一双洗净的袜子遗留在客房卫生间里。第二天想起后，他便直奔 508 房取袜子，正好房客不在，这样，他就只好请服务员帮忙了——当然他知道，现在他已失去该房主人的身份，要取遗物，并不那么简单。不过东西还是要取的，顺便也想看一下服务员是如何处理这个特例的。

他找到楼层服务员——一位朴实而秀气的山西姑娘，请她打开 508 房取件东西。只见她和颜悦色地点了点头，随即请他出示住房卡，他连忙向她解释了原委，说明自己是昨天曾入住的会务组工作人员，那姑娘表示知道这件事，接着她问清他要取的是晾在浴巾架上的一双灰色丝袜后，便爽快地把他领到 508 房门口。当她打开房门后，刘先生试着想跟她进房，立即被她礼貌地制止，请他在门外稍候。接着她进房转进卫生间，很快手拿一双灰袜子出来，问他是不是这双，他一边称是，一边连声道谢。那姑娘将袜子交到刘先生手里后，只是平静地说声"不用谢"，随即出来关上门，道别后就往服务台去了。

（案例来源：范运铭．客房服务与管理案例选析．（第 2 版）．北京：旅游教育出版社，2005．）

分析：

山西这家大酒店的服务员小姐体现了比较完美的客房服务水准。

① 服务员先请客人出示住房卡，以便确认其房主身份后再开门。

② 当她得知客人（会务人员）昨晚在客房遗留物品（普通的袜子）这一特殊情况后，并没有死抠住房卡不放，而是根据情况，站在客人的立场上，积极为客人排忧解难，去开门取物。

③ 为了尊重客房主人，并保障他们的利益，服务员又很有原则地阻止了并非房主的客人进房。

④ 当客人的遗留物品得到确认后，她便果断地将物品归还客人。

项目考核

一、考核说明

总分 100 分，得分在 85 分以上为优，75～84 分为良，60～75 分为中等，60分以下为差。

二、考核细则（见表 11-10）

表 11-10　考核细则

考　核　要　点	满分	得分	备注
1. 发现遗留物品时的处理	20		
2. 遗留物品的保管	20		
3. 遗留物品的分类与处理	20		
4. 遗留物品的认领	20		
5. 细节服务意识	10		
6. 综合表现	10		
总　　分	100		

模块十二　客房清洁整理

一、不同类型房间的清扫要求

客房状况不同，对其清扫的要求和程度也有所不同。一般来说，对于暂时没人居住，但随时可供出租的空房（Vacant），服务员只需要进行简单清扫或小扫除；对于有客人住宿的住客房间（Occupied）以及客人刚刚结账离店、尚未清扫的走客房间（Check-out），需要进行一般性清扫或中扫除；而对于那些长住客人离店后的客房以及将有重要客人（VIP）光临的客房，则要进行彻底清扫或大扫除。

1. 简单清扫或小扫除

① 进行简单清扫，服务员只需要视具体情况每天擦擦灰尘。

② 过几天吸一次地毯、检查一下设施设备是否管用，看看卫生间水龙头是否有锈水（如有黄色的锈水，则应打开水龙头1～2分钟，把它放掉）。

③ 如室内空气不新鲜，也应打开窗户换换空气。

④ 调节温度，使室温比较适宜。

2. 进行一般清扫或中扫除

① 需要整理床铺。

② 撤换脏布草（床单、枕套、浴巾、毛巾等）。

③ 补充客房用品。

④ 较为全面地清扫客房（倒垃圾、倒烟灰缸、擦洗卫生间、整理衣物……）。

3. 彻底清扫或大扫除

① 长住客人离店后，要进行彻底清扫，要仔细地刮地毯，进行地毯除污，认真擦洗客房内各个角落、设施设备的里里外外，如墙纸脱落或有污损，还应更换墙纸，翻转褥垫甚至撤换窗帘。

② 接待重要客人的房间也应进行大扫除，除污、打蜡、抛光，做到窗明几净，没有尘埃，床也要铺得整齐、美观、没有褶皱，床单上不留任何污迹。

二、不同类型房间清扫的顺序

1. 淡季时的清扫顺序

① 总台指示要尽快打扫的房间。

② 门上挂有"请速打扫"（make up room Immediately）牌的房间。

③ 走客房（check-out）。

④ "VIP" 房。

⑤ 其他住客房。

⑥ 空房。

2. 旺季时的清扫顺序

① 空房。空房可以在几分钟内打扫完毕，以便尽快交由总台出租。

② 总台指示要尽快打扫的房间。

③ 走客房间 (check-out)。以便总服务台能及时出租，迎接下一个客人的到来；及时发现是否有丢失或损坏室内物品，是否有客人的遗留物品。

④ 门上挂有"请速打扫" (make up room Immediately) 牌的房间。

⑤ 重要客人 (VIP) 的房间。

⑥ 其他住客房间。

注意：以上客房清扫顺序还应根据客人的活动规律加以调整。客房清扫应以不打扰客人或尽量少打扰客人为原则，因此，应尽量安排在客人外出时进行。

三、客房清扫的一般原则

（1）从上到下　例如，抹拭衣柜时应从衣柜上部抹起。

（2）从里到外　尤其是地毯吸尘，必须从里面吸起，后到外面。

（3）先铺后抹　房间清扫应先铺床，后抹家具物品。如果先抹尘，后铺床，铺床而扬起的灰尘就会重新落在家具物品上。

（4）环形清理　家具物品的摆设是沿房间四壁环形布置的，因此，在清洁房间时，亦应按顺时针或逆时针方向进行环形清扫，以求时效和避免遗漏。

（5）干湿分开　在抹拭家具物品时，干布和湿布要交替使用，针对不同性质的家具，使用不同的抹布。例如，房间的镜、灯罩、卫生间的金属电镀器具等只能用干布擦拭。

四、房间清洁卫生标准

① 眼看到的地方无污迹。

② 手摸到的地方无灰尘。

③ 设备用品无病毒。

④ 空气清新无异味。

⑤ 房间卫生达"十无"。

"十无"具体如下所示。

① 天花墙角无蜘蛛网。

② 地毯（地面）干净无杂物。

③ 楼面整洁无害虫（老鼠、蚊子、苍蝇、蟑螂、臭虫、蚂蚁）。

④ 玻璃、灯具明亮无积尘。

⑤ 布草洁白无破烂。

⑥ 茶具、杯具消毒无痕迹。

⑦ 铜器、银器光亮无锈污。

⑧ 家具设备整洁无残缺。

⑨ 墙纸干净无污迹。

⑩ 卫生间清洁无异味。

实训项目一　铺床训练

实训目的

了解中式铺床与西式铺床的差别；

掌握中西式铺床服务的基本流程；

培养对客服务专业技能。

实训时间

2 学时

实训地点

模拟实训室

实训方式

图片、视频引入；

教师说明实训要求、讲解相关知识及流程示范；

学生分组讨论、情景模拟与教师观察、监督相结合；

师生共同进行案例研讨。

知识储备

西式床与中式床的比较如下所示。

1. 西式铺床

西式铺床是用床单加毛毯在床垫上包边包角，再加盖床罩的一种铺床方式。

优点：是线条突出，造型规范，平整美观。

缺点：

① 不方便，由于床单和毛毯包边包角后紧压在床垫下，睡觉时要费劲将床单拉出来，用脚使劲蹬，才能钻进去，给客人带来了不必要的麻烦。

② 毛毯不能经常洗，容易沾染灰垢和细菌。

③ 成本高，铺西式床的人工费用高，床上用品多。

2. 中式铺床

优点：

① 取消了毛毯包边包角的方法，将套好被芯的被套直接铺在床上，客人把被子一掀，就可以入睡，很方便。

② 由于被套是一客一换洗，也很卫生。

③ 成本低。

缺点：主要是没有包边包角造型，床面不如西式铺床平整美观。

》》项目流程（见表 12-1，表 12-2）

表 12-1　铺中式床的操作流程表

工作流程	操　作　标　准
1. 将床拉到容易操作的位置	（1）屈膝下蹲，用手将床架连同床垫慢慢拉出约 50 厘米 （2）将床、床垫拉平放正，检查床垫四周的松紧带是否脱落，注意床垫的位置、卫生状况，如有污迹、破损等，应撤换干净 （3）留意席梦思上所写的数字是否为本季度标准
2. 铺床单	（1）将床单铺在床上（包单、包边、包角），床单正面向上，中折线居床的正中位置，均匀地留出床单四边，使之能包住床垫 （2）呈四个角式样，角度一致包成直角，四个角均匀、紧密。席梦思四边多余的床单分别塞入床与床托中间
3. 套被套	（1）被套平铺在床上，开口在床尾，被套无污迹，无破损 （2）从开口处将两手伸进被套，先将被套反面朝外，将被套的两角处对准被子的两角，然后将被套翻身，拉平被套，四角塞入后，对准整平，开口处在床尾，铺在床上，床头部分向上折起 25 厘米，后面下垂部分跟地毯齐平，并拉挺
4. 套枕套	（1）将枕芯装入枕套，不能用力拍打枕头 （2）将枕头放在床头的正中，距床头约 5 厘米，两张单人床枕套口与床头柜方向相反，双人床枕套口互对，单人床和双人床的枕头与床两侧距等
5. 将床推回原位	（1）放上床尾带及靠垫，床尾带必须平整，两边均匀下垂，靠垫放在枕头前 （2）用腿部力量将床缓缓推进床头板，再检查一遍床是否铺得整齐、美观，并整理床裙，保持自然下垂、整齐

表 12-2　铺西式床的操作流程表

工作流程	操　作　标　准
1. 将床拉出	（1）站立在床尾 30 厘米处，两脚前后交叉一足距离，屈膝下蹲，重心在前 （2）用双手握紧床尾部，将床屉连同床垫同时慢慢拉出 （3）最后使床身离开床头板 50 厘米
2. 摆正床垫	（1）将床垫与床边角对齐 （2）根据床垫四边所标明的月份字样，将床垫定期翻转，使其受力均匀
3. 整理棉褥	用手把棉褥理顺拉平，发现污损，要及时更换
4. 铺垫单	（1）甩单　站在床尾中间位置（或床的一侧居中位置），折叠的床单正面向上，纵向打开，两手分开，用拇指和食指捏住第一层，其他三指托住后三层，将床单朝前方抖开，使床单头部抛向床头 （2）甩单后要使床单中线居中，向两侧的对折线与床垫边沿同等距离 （3）定位　甩单同时标定方向和距离，有褶皱的卷边要稍加整理，定位前可将床单的头部先包进 （4）包角　掀起床垫尾部将床单塞入夹缝，右手将左面垂下的床单捏起呈 45 度角，左手将角部分的床单向内推入，然后右手放下床单折成直角，左手将垂下的床单全部塞入夹缝，按对称手法将其他角依顺时针或逆时针顺次包好
5. 铺护单	（1）甩单方法同前 （2）甩单后使床单中线居中，中折线与第一床对称，三面均匀 （3）床单头部与床头板对齐

续表

工作流程	操 作 标 准
6. 铺毛毯	（1）手持毛毯尾部，将毛毯前部抛向床头。轻轻后提毛毯，至毛毯前部与床头相距 35 厘米处放下 （2）毛毯平铺且商标朝外，在床尾下方，毛毯中线与床单中线对齐 （3）包角　用双手将毛毯尾部连同第二条床单下垂部分填入床屉和床垫的夹缝中，床尾两角包成直角 （4）包边　将第二条床单由床头部向上反卷包住毛毯头，将床两侧垂下毛毯同第二条床单一起填入床垫与床屉间的夹缝
7. 套枕套	（1）把枕芯横放在床面上，左手抖开枕袋平铺床上，张开袋口，用右手提住枕芯的两个前角，从枕袋开口处送入直至袋端，然后将枕芯两角推至两角端部 （2）用两手提起枕袋口轻轻抖动，使枕芯自动滑入，装好的枕芯要把枕袋四角冲齐
8. 放置枕头	（1）将套好的枕头放置床的正中，单人床（房间一张床）将枕袋口反向于床头柜，两个枕头各保持 20 厘米厚度重叠摆放，离床头 1 厘米 （2）双人床放枕头时，将四个枕头两个一组重叠，枕套口方向相对；当房间有两张单人床时，也要将两床枕套口反向于床头柜，摆放枕头要求一致 （3）枕头放好后要进行整形，轻推枕面，使四角饱满挺实，注意不要在枕面上留下手痕
9. 盖床罩	（1）把折好的床罩放在床中央横向打开 （2）双手把床罩尾部拉至床尾下离地面 5 厘米处（扣准床尾两角），将床罩头部抛向床头，使床罩平铺床上 （3）抛床罩时注意以腿顶住垂下之床罩，床罩下摆不要着地。站在床头位置将床罩置于枕头上边，下垂 10 厘米，将床罩其下部分分别均匀填入上下枕头缝中 （4）整理床罩头部，使处于枕头上的床罩平整，两侧呈流线型自然由枕头边垂至床侧，处于上下枕头夹缝中的床罩自然向两侧呈流线型铺至端处
10. 将床推回原位	（1）把床身缓缓推回原位置 （2）最后再将做完的床查看一次，进一步整理床面，使其平整美观

案例分析

褥垫上的污渍

　　北京某四星级饭店的客房部这几天接待洽谈会，客人非常多，所以客房服务员清扫房间的任务很大。某实习生正在一间走客房内做床，他急急忙忙撤下单子，发现褥垫上有块污渍，因为还有许多房间要做，也顾不得把褥垫翻转，就把干净单子往上一铺，便开始包单子了。这间客房整理好后，该实习生离开了房间。正巧这间房饭店作特用，用来接待 VIP 客人。客房部经理亲自来检查房间，发现了褥垫有污渍，十分生气。他说："不管是什么样的客人住进了这间房，若发现床单下铺着有污渍的褥垫，都会影响情绪，休息也不会安心，影响舒适与安全感。很可能使其在北京的整个旅程不愉快，甚至会拒付房费。失去客人，饭店还要蒙受损失，这后果是严重的。"立即责成楼层领班、主管派人撤换褥垫，并追查责任人，要求此服务员作深刻检查，认真认识此事，并给予服务员处罚。

　　（案例来源：范运铭. 客房服务与管理案例选析.（第 2 版）. 北京：旅游教育出版社，2005.）

分析：

本案例虽只因服务员没有把褥垫翻转而造成事故，但应该认识到以下内容。

① 客房的清洁卫生是住店客人最敏感的问题。客房的许多设施与用品都是直接与客人身体接触的，必须保证清洁卫生，才能保障客人的身体健康。

② 为满足客人住宿要求清洁的心理，服务员在清扫房间时，必须严格按清扫程序和卫生标准来操作，不允许有一丝一毫的马虎，更不允许自主减少清扫程序，否则危害是严重的。

项目考核

一、考核说明

总分 100 分，得分在 85 分以上为优，75～84 分为良，60～75 分为中等，60 分以下为差。

二、考核细则（见表 12-3）

表 12-3　考核细则

考 核 要 点	满分	得分	备注
1. 铺中式床的操作流程	30		
2. 铺西式床的操作流程	50		
3. 专业素养	10		
4. 综合表现	10		
总　　分	100		

实训项目二　走客房整理

实训目的

了解客房清扫的相关知识；

掌握走客房清洁整理的流程；

培养吃苦耐劳的敬业精神。

实训时间

2 学时

实训地点

模拟实训室

实训方式

图片、视频引入；

教师说明实训要求、讲解相关知识及流程示范；

学生分组讨论、情景模拟与教师观察、监督相结合；

师生共同进行案例研讨。

知识储备

客房清扫前的准备工作如下所示。

1. 了解房态，决定清洁顺序。

2. 准备好工作车

工作车也叫布草车，通常上一班次应装配好，但清扫前还应该仔细检查用品有无配齐，工作车有无损坏，推拉是否自如等。

3. 准备好工作表（见表 12-4）

服务员每做一间房都应准确地记录进出时间，详细地记录撤换的布草及客房物品的消耗。

>>> 项目流程

走客房清洁整理应遵循"十字"程序，即进撤铺抹洗，补吸查关登。具体流程规范如下所示。

1. 进房

① 进房前，把工作车停放在房门前，调整好位置；吸尘器也放在门一侧。

② 敲门或按门铃，不得直接开门进入。

表 12-4　某酒店客房服务员工作表

楼层		班次			服务员		领班		日期		

房号	房间状态	时间	床单 进出	枕套 进出	被套 进出	浴巾 进出	面巾 进出	方巾 进出	地巾 进出	牙具子	梳子	香皂	浴液	发液	浴帽	女宾袋	纸巾	拖鞋	擦鞋器	茶叶	火柴	信纸	信封	针线包	圆珠笔	垃圾袋	备注

维修：　　　　　　　　　　　　　　　酒水：

　　a. 敲门时，手指微弯曲，以中指第二关节部位轻敲门两次（每次三下），并报称 Housekeeping 服务员，然后等宾客反应，切勿急促地一直敲门。

　　b. 按门铃时报称 Housekeeping 服务员，并等宾客反应，切勿急促地连续按门铃。

　　③ 确认房间没人时，将房门完全打开，直到该房间清扫完毕。

　　④ 在工作表上填写房间号码与进房时间。

　　⑤ 在门把手上挂上："正在清洁"的牌子。

　　⑥ 打开窗帘、打开窗户、换气扇，观察室内情况。

　　2. 撤掉脏物

　　（1）撤垃圾　将房内垃圾倒入垃圾桶内，注意将烟灰缸内未熄灭的烟头熄灭。

（2）撤布草　撤布草时注意检查有无客留物品。

（3）整理器皿　如餐具的清洁整理，茶具的清洁消毒等。

（4）检查设施设备　检查设施设备是否完好，有问题时及时报修，没问题视情况关灯。

3. 铺床

按铺床程序进行。

4. 抹尘

（1）房门　房门应从上到下、从内到外抹净；把窥镜、防火通道擦干净；看门锁是否灵活，"请勿打扰"牌、早餐牌有无污迹。

（2）风口与走廊灯　风口与走廊一般是定期擦拭。擦走廊灯时注意使用干抹布。

（3）壁柜　把整个壁柜擦净，抹净衣架、挂衣杆，检查衣刷和鞋拔等是否齐全。

（4）酒柜　擦净小酒吧内外，检查冰箱运转是否正常，温度是否适宜，并记住需要补充的物品。

（5）行李架（柜）　擦净行李架内外，包括面和挡板。

（6）写字台、化妆台　擦拭写字台抽屉，应逐个拉开擦，同时检查洗衣袋、洗衣单及礼品袋有无短缺；梳妆镜面要用一张潮的和一张干的抹布分别擦拭；检查写字台物品及服务夹内短缺和破旧物品，准备补充。

（7）电视机　用干抹布擦净电视机外壳和底座的灰尘，然后打开开关，检查电视机有无图像，频道选用是否准确，颜色是否适中，画面是否清晰，音量是否适中。

（8）地灯　用干抹布抹净灯泡、灯罩和灯架，注意收拾好电线。

（9）窗台　窗台先用湿抹布，然后再用干抹布擦拭干净；推拉式玻璃窗的滑槽如有沙料，可用刷子加以清除。

（10）沙发、茶几　擦拭沙发时，可用干布掸去灰尘，清理沙发背与沙发垫之间内存的脏物；茶几先用湿抹布擦去脏迹，然后用干抹布擦拭干净，保持其光洁度。

（11）床头板　用干抹布擦拭床头灯泡、灯罩和灯架及床头挡板，切忌用湿抹布擦拭。

（12）床头柜　检查床柜各种开关，如有故障，立即通知维修；擦拭电话时，首先用耳朵听电话有无拨号音，且话音清晰，音量适中，然后用湿抹布抹去话筒灰尘及污垢，用酒精棉球擦拭话机；检查放在床柜上的服务用品是否齐全，是否有污迹或客人用过；检查 DND 灯的功能，确保能正常工作。

（13）装饰画　先用湿抹布擦拭画框，然后再用干抹布擦拭画面，摆正挂画。

（14）空调开关　用干抹布擦去空调开关上的灰尘；空调四季都设置在 1 挡 20 摄氏度，调至"ON"。

5. 清洗卫生间

清洗顺序如下所示。

① 开灯和换气扇。

② 放水冲抽水马桶。

③ 撤出客人用过的毛巾等布件。

④ 撤出烟缸、垃圾、口杯。

⑤ 清洁脸盆。

⑥ 擦卫生间的镜子、墙面、毛巾。

⑦ 擦吹风机、电话。

⑧ 清洁浴缸。

⑨ 擦浴缸边的墙面、浴帘、浴巾架。

⑩ 清洁马桶，整理卫生纸。

⑪ 补充卫生间用品。

⑫ 清洁地面。

⑬ 用高压喷灌喷药消毒。

⑭ 检查有无问题，如有纠正或补做。

⑮ 关灯、关门。

6. 补充物品

① 从工作车上取出房内所缺客人用品。

② 在《客房服务员工作单》上做好记录。

③ 按照物品配备标准放好。

7. 吸尘

① 吸尘器推入房间，打开电源。

② 从里至外、后退顺序吸净房间地毯和卫生间地面。

③ 注意家具底部和房间边角的吸尘。

④ 吸尘完毕，关闭电源，收好电线，摆放规范。

8. 整体检查

① 床铺得是否美观、大方、整齐。

② 家具是否摆放规范。

③ 客用物品是否配齐。

④ 有没有清洁工具遗留在房间。

9. 关取相关物品

① 关闭窗户，拉上窗纱。

② 关闭灯具、电器开关。

③ 关闭空调。

④ 取下清扫牌，关闭房门。

10. 登记清扫情况

① 在《客房服务员工作单》上填写离房时间。

② 注明特别注意事项。

项目考核

一、考核说明

总分 100 分，得分在 85 分以上为优，75～84 分为良，60～75 分为中等，60 分以下为差。

二、考核细则（见表 12-5）

表 12-5 考核细则

考核要点	满分	得分	备注
1. 客房清扫知识	5		"十字"程序分值安排为：
2. 吃苦耐劳精神	15		进、抹、洗、吸、检均为 10 分；
3. 走客房清洁整理	70		撤、补、关、登均为 5 分；
4. 特殊情况处理	10		铺床训练前已学习,故本次不做考核
总　分	100		

模块十三　客房服务项目综合实训

实训目的

巩固练习已学过的客房服务项目；

加强与企业的交流合作；

全面掌握客房部服务技巧；

提高特殊情况处理能力；

培养团队精神。

实训时间

4 学时

实训地点

三星级以上酒店的客房部

实训方式

① 专业教师指导，拓展课堂学习内容

② 学生复习已学服务项目，搜集相关资料

③ 酒店客房部相关人员出题

④ 学生分组进行知识竞答、情景模拟、案例研讨等

⑤ 企业人员做总结

⑥ 学生与企业人士做交流

⑦ 学生做实训报告

⑧ 专业教师总结实训情况

━━ 实训考核 ━━

一、考核说明

总分 100 分，得分在 85 分以上为优，75～84 分为良，60～75 分为中等，60 分以下为差。

二、考核细则（见表 13-1）

表 13-1　考核细则

考　核　要　点	满分	得分	备注
1. 知识竞答	10		
2. 情景模拟	10		

续表

考 核 要 点	满分	得分	备注
3. 案例研讨	10		
4. 团队精神	10		
5. 劳动纪律	10		
6. 实训报告	10		
7. 企业人士总评	20		
8. 专业教师总评	20		
总　　分	100		

参 考 文 献

[1] 陈乃法，吴梅. 饭店前厅客房服务与管理. 北京：高等教育出版社，2007.

[2] 郭一新. 酒店前厅客房服务与管理实务教程. 武汉：华中理工大学出版社，2010.

[3] 陈文生. 酒店经营管理案例精选. 北京：旅游教育出版社，2007.

[4] 刘文涛. 新博亚酒店丛书：酒店服务标准和表格精选. 广州：广东经济出版社，2006.

[5] 牛志文. 饭店实用心理服务职业技能培训. 北京：电子工业出版社，2008.

[6] 韩军. 饭店前厅运行与管理. 北京：清华大学出版社，2009.

[7] 江浩. 前厅服务技巧与训练. 北京：电子工业出版社，2008.

[8] 曹红，方宁. 前厅客房服务实训教程. 北京：旅游教育出版社，2009.

[9] 范运铭. 客房服务与管理案例选析. 第2版. 北京：旅游教育出版社，2005.

[10] 袁照烈. 酒店前厅部精细化管理与服务规范. 北京：人民邮电出版社，2009.

[11] 沈蓓芬，林红梅. 前厅客房服务运作实务——项目课程教材. 北京：电子工业出版社，2010.

[12] 刘伟. 前台与客房管理. 北京：高等教育出版社，2002.

[13] 郭兆康. 饭店情景英语（修订版）. 上海：复旦大学出版社，2007.

[14] 陆永庆，崔晓林. 现代旅游礼仪. 青岛：青岛出版社，2000.

[15] 何丽芳. 酒店服务与管理案例分析. 广州：广东经济出版社，2005.

[16] 徐文苑，贺湘辉. 酒店前厅管理实务. 广州：广东经济出版社，2005.

[17] 国际金钥匙组织（中国区）论坛，http://bbs.lesclefsdorchina.com.